铁扬文集

散文　母亲的大碗

铁扬　著

1

作家出版社

图书在版编目（CIP）数据

母亲的大碗 / 铁扬著. -- 北京：作家出版社，2025.6. -- （铁扬文集）. -- ISBN 978-7-5212-3314-8

Ⅰ. I267

中国国家版本馆CIP数据核字第2025MT1090号

母亲的大碗

作　　　者：铁　扬
装帧设计、插图附图：铁　扬
策　　　划：颜　慧
责任编辑：陈亚利
美术编辑：李　星　丁奔亮
出版发行：作家出版社有限公司
社　　　址：北京农展馆南里10号　　邮　　编：100125
电话传真：86-10-65067186（发行中心）
　　　　　86-10-65004079（总编室）
E-mail:zuojia@zuojia.net.cn
http://www.zuojiachubanshe.com
印　　　刷：北京博海升彩色印刷有限公司
成品尺寸：140×203
字　　　数：136千
印　　　张：7.375
版　　　次：2025年6月第1版
印　　　次：2025年6月第1次印刷
ISBN　978-7-5212-3314-8
定　　　价：500.00元（全五册）

铁扬自画像 2024 年作

通往停住头村的路

1942年于故乡

1950年在保定

铁扬故居一角

亚细亚路灯　　（散文）

一只田螺壳当路灯，造了"亚细亚"

由亚细亚是一只空置的煤油瓶，瓶身轮廓
别致，一尺多高，晶莹剔透十公分宽，密封着灯。
众都有钎围
家都用瓷器，一面凹陷着"亚细亚"三个字的
端正楷书。

华灯村人对这种瓶不了解，那是煮煤
油小钻，卖完内装零不尽，它被吉藻泥间
仍缕缕放出。

有个叫老楂的煮油小钻，楂用其围的"起"，
跨在专行间莹土情打扮
起声起气地喊着"打了洋油……哟"，吆的
却只看煤油叫洋油鉴叫洋火

打了洋油的顾客，或一起或半桶的起，伸起
人顾完的油灯里，如此起半起的往数
起，油桶没有个数起空的时候，起满
秋气1流入村人壶中续又国，村人把壶打

自　序

一

其实我不姓铁，我姓屈，小时候父亲为我取名铁羊 —— 屈铁羊，改为"铁扬"是一个年轻人的"年轻举动"。那时我觉得"屈"不易读，铁羊又显"村气"，少"气质"。一次考试填表时，就在姓名栏内偶然写了个铁扬。自己很得意：觉得铁姓坚定，扬又飘逸 —— 发扬、飞扬……过了些年，我才觉得父亲为我取名铁羊实在可爱，但又难以再启用。

屈姓在我的故乡是一个极少见的姓氏，据传这是楚国人屈原后代的一支移民，但我们又拿不出证据，不便攀此"高枝"。只有一个现实可做联系，就是我们在村子里所处的小街，不叫街，叫"巷"——屈家巷。巷这个称谓在我们那一带是不存在的，巷字显然来自南方，也许楚国？

我出生的村子叫停住头，一个奇特的村名。停住头倒是一个古村落，据说它与西汉时王莽和刘秀之战有关：王莽将刘秀追到这村，刘秀在此"停驻"多时，故得名。

据考，王莽和刘秀并没有在此争战。追赶刘秀的是当地一个叫王郎的人，刘秀当时受命平定叛乱于此地，而后，刘秀灭王郎在此登基为东汉。

从童年到少年，我和我那些亲人、乡亲相处，觉得那时的生存状态尽是自然而然。天黑时，你眼前才是一盏棉籽油灯，掀开锅是一锅小米夹杂薯类的稀饭。而有的乡亲他们眼前连棉籽油灯和小米稀饭也不存在，但从这里诞生出来的故事让我终生难忘。

许多朋友都说我画画写文章和我的父辈有关，反正我身上流淌着的是他们的血液。他们的性情附在我身上。

祖父是位旧军人，他早年入北洋新军，属直系，历经军中各阶级，还乡为民时，他是孙传芳麾下的一名将军。他曾和孙结拜兄弟，1924年和孙进入杭州那天，目睹了雷峰塔的倒塌，他常觉得这给直系带来了晦气。

祖父对雷峰塔倒塌的目睹，也激起我奶奶对《白蛇传》里白素贞命运的关心。白蛇素贞的故事就是奶奶所讲故事中的一则"重头戏"。

奶奶是位普通乡下人，但她心中自有一个"外部世界"，童年的我和奶奶同睡一个炕，便常随着她在她的外部世界里"漫游"。她从白素贞的故事里忽而又转向了汉口，她说："紧走慢走，一天走不出汉口。"说的是汉口地域之大。她说城陵矶人卖鱼把鱼头和鱼身分开卖；在保定居住时，她爱看学生演的文明戏，她会唱《复活》里的一首洋歌："啊，我的喀秋莎，你还记着那往事吗？捉迷藏在丁香花下，我跌倒泥坑你把我拉……"后来我得知，这是夏衍根据托尔斯泰小说《复活》所作话剧里的插曲。

父亲跟祖父走过南北，他受过良好的私塾教育，是位中西合璧的医生，是当地国共两党的创始人之一，且是一位"杂家"。他在当地推行新文化运动，创办新式学校，和一位在当地传教的瑞典牧师交朋友。他自己作诗、谱曲、写剧本，连戏曲舞台上的锣鼓经都有了解，这使得童年的我就知道锣鼓经里有"四击头""水底鱼""败锣"一类。

当然父亲对我的教育不只锣鼓经这类，抗战初期在无学可上时，他督我读了大量的带启蒙性的汉语读物，如《三字经》《弟子规》《千字文》。还有更"深沉"的文字，如："曾子之妻之市，其子随之而泣。其母曰：'女还，顾反为女杀彘。'妻适市来，曾子欲捕彘杀之……"

在我的少年时代，作为父亲子女的我们只有一条路可走，那就是出家门参加"革命"，在我们那里叫"脱产"。我脱产了，先在革命队伍的后方医院当"医助"，学习配置软膏、打针，钳出战士身上陷着的子弹，参与截肢手术，还做过助产士的助手，看婴儿和母体的分离过程。在以后的日子里我进过被称作革命摇篮的"华大"（华北大学）。考入"中戏"（中央戏剧学院），才是我进入艺术领域的正式开端。在选择文艺院校时，我选择了它。我欣赏它教学内容的"杂"。除了有名画家教你严格的油画技法外，还有戏剧大家教你去了解戏剧的方方面面：从欧里庇得斯到汤显祖，从布莱希特到欧阳予倩的"春柳社"，而讲名著选读的教授要你一口气读完莎士比亚、托尔斯泰、契诃夫……

中戏陶冶了我，至今我常常记起在那里每个宝贵的这样那样的瞬间。

要说我应该成为一位舞台美术家的，但阴差阳错我却成了一位专职画家。

二

我所以喜欢弄点文字是因了我心里的故事太多，而这故事大多源于我的童年，童年的记忆是顽固的，它明晰可鉴。虽然零星琐碎，琐碎到你家鸡的颜色、狗的叫声、土墙和柴草的气味……春天枣树开花了，燕子回归了，它们整日衔新泥，修补自己的住所，那时连窝上增添了多少新泥我都心中有数。

当然，身边的故事不仅是枣树开花、燕子衔泥，我身边还有与我日夜相处的亲人和近邻，他们给予我的温暖和爱以及许多美好瞬间伴我终生，就像我永在童年。《美的故事》那么美，在村中她是美的化身，她的美感染着全村，她的消失使一个村子变得寂寥。写这些故事不用任何虚构，一只大碗内涵着人类的最高尚的道德标准。丑婶子、团子姐，在我的思维中永远不会泯灭，这些老的村事好像又联系着后来我在太行山中认识的二丫头、菊菊和"小格拉西莫夫"们。和他们相距甚远又像离得那么近,一块写出来就成了一种自然。

当然,往事也不尽是美好,也有难以想象的惨烈,如同我在《生命诚可贵》中写到的那三位烈士,几小时前我们的军分区司令员还站在我家院中同我父亲天南海北谈着话(那时我注意到他的裤腿上还沾着赵州特有的黄土),几小时后因一场对日军驻地的攻坚战,司令员便成了一名烈士,烈士的鲜血洒在赵州这块土地上。

我的故乡在冀中赵州。

记得李贺有这样的诗句:买丝绣作平原君,有酒唯浇赵州土。我没有研究过其具体情境,他为什么有意把美酒洒在赵州。而抗日烈士洒在赵州的不是美酒而是鲜血。美酒和鲜血联系的都是赵州的黄土。

那场惨烈的战斗结束了,几天后我又有了新发现,我家的一棵绒花树上入住了一只布谷鸟,布谷鸟的入住牵动着我的心绪,它使我兴奋好奇。不久它失踪了,扔下两只刚出生几天的幼鸟。于是我的兴奋和好奇又转成止不住的心痛和悲伤。它使一个少年的情绪变得那么低迷,那么孤单无助。但这少年自此开始成长了,他懂得了"研究"这个词。后来他对这只布谷鸟失踪事件的研究持续了几十年。

虽然并无结果，但他还是在等待，等待再有一只布谷鸟入住在他的眼前，好了却他的一件心事。

或许这种等待是无结果的等待，在人生有限的旅途中其等待或许大都无结果吧。

三

现在我是一位艺术家，在本文集中也有一些关于艺术的叙述，要叙述就会带有自己的局限性，文集中有篇散文《大暑记事》，说的是儿时在家乡看演出《六月雪》时的感受，它道出了感觉对艺术、对艺术家的重要。

之后我有幸进入艺术行，听专家们讲感觉造就出意境，意境在演剧学里是独立成章的。其实感觉难道只存在于演剧学中吗？原来画家、诗人经营自己的事业都是感觉在先的。如今我每次在为年轻学子讲课时，为阐明感觉之重要都举例说明："黄河之水天上来"（李白），"黑云压城城欲摧"（李贺），"霜叶红于二月花"（杜牧），以及毛泽东的"苍山如海，残阳如血"一些名句，诗人都是靠了超人的感觉才萌生出如此出人意料的诗句。

后来我学习绘画，再次体会到面对描写的对象，面对面前的画布或纸，也都是感觉在先的。于是绘画语言、形式感比自然形象更真实的形象都是靠了画家敏锐的感觉。我们没有能力画够一棵树的所有树叶，再写实的画家也不可能画够一个人的头发数量，但却能画出比那棵树、那个人更真实、更传神的形象。于是艺术才诞生了。

书中还涉及艺术的其他方方面面，比如演剧学到底是一种怎样的学问。有几次我有幸参与过表演行当，并为表演者做指导。对斯氏体验派和布莱希特的表现派到底哪一种更接近表演艺术提出疑问，后来一个乡村女孩为拍一部电视短片（我们邀请的剧中人）回答了我的问题，原来没有表演的表演才更接近于艺术的真实，这真实本来自生活，是生活的再次复活，使你相信了他的"表演"。

我读契诃夫，发现他有同样的论述，他说："文学所以叫作艺术，就是因为它按生活的本来面目描写生活，它的任务是无条件的直率的真实。"

没有表演的表演是作家艺术家早有的论断。但我又不怀疑布莱希特的论点，他主张戏剧艺术的间离效果。间离效果，顾名思义是不需要生活的真实的，一切表现派艺术（戏剧、绘画、雕塑）都是靠了间离效果。如中国戏曲的

"切末"演出形式：马鞭一举就上了马，人走在画着车轮的旗子中就是坐车。间离效果拉开了与任何自然的距离，却增加了艺术的欣赏价值。

文集中有关艺术的论述只记述了我在从艺过程中的一些琐碎。这些琐碎有些看似平淡，但它们顽固地留在了我的记忆中，有些还在记忆中酝酿发酵，竟然形成了我的重要绘画题材。比如那个"河里没规矩"的故事，是我终生难以画够的题材之一。"炕头"在我脑子里占有的地位远远超过了那些我在异国他乡见过的新鲜。那些健康明丽的女孩，有了炕头的存在，她们才回归了自然。反之，炕头上有了那些健康明丽的女孩，也才温暖了。还有大暑天为我做裸体模特儿的那些女孩，被我支使来支使去，最后成为我作品中的人物。她们成全着我，成全着艺术中那些诸多因素。

当然我没有放弃对心目中那些艺术大师的尊重，有些虽称不上大师，但我欣赏他们，如丹麦的海默修侬、德国的诺尔德，还有忽上忽下的俄国画家费逊。我追寻他们的足迹，是因为他们对艺术的天真和执着。从艺是需要几分天真和执着的，执着地不为任何潮流所撼动，也无心指望形成什么大热闹，只希望留给艺术界，留给人间几分纯净，抛弃的是所谓的轰动效应。

四

关于散文和小说之间的区别，在大学读书时就听老师讲过，但我主张对它们的概念还是模糊一点好；就像作为画家的我，同行们也难以把我归类，我也不主张把画家的行当划分得那么细致入微，这就又联系到我的兴趣和性格。"杂"一点好，这也是童年时我从父亲身上学到的。他的本行是医生，又是位社会活动家，他告诉过我，"立陶宛"不是一只碗，钱塘江的入海口比黄河、长江都宽，纽约有条橡皮街；他读着五线谱教我们唱歌，也会用工尺谱谱曲。每当我的思绪回到童年时，父亲便出现在眼前，他的出现使我做事坚定了许多，不再左顾右盼。

在读许多大师对于文学的论述时，他们从来不计较一篇文章的文体，他们注重的是文学与人类社会的关系，他们要描写的是人类的生存状态。

就像他们也告诉你"立陶宛"不是一只碗一样简洁明了。我发现越是大部头的作品其容量越有限，就像越是艺术文学大家越不喜欢炫耀和"飞毛爹翅"的虚假描写。我读契诃夫，他写道："作家使用平凡的生活题材描写要朴实，不要用效果取胜。"他又写道："海笑了，怎么回事。海不笑，不哭，它哗哗地响，浪花四溅，闪闪发光。"就像托尔斯泰的写法："太阳升上来，太阳落下去……鸟儿叫……谁也没笑，谁也没哭，这才是顶重要的朴素。"

五

但我是一位画家，我还有自己一座具专业规模的美术馆，那里陈列着我作为画家的劳动轨迹。画家、艺术家本身应是一位劳动者，常有友人或记者问到我劳动者的特征，我说劳动者起码要有三个特征：第一，他的劳动是要讲效率的，效率就是劳动量，比如摆摊修鞋、修车的，劳动没有量，他的生活就没有保证；第二，他必得有清贫意识，但不是穷人，也绝不是富翁；第三，应该有自己的作坊，叫画室也好，叫书房也好，是一个得心应手的劳作场所。

我还说过，年轻时，总觉得画家之所以为画家，是靠了他们超常的智慧。待到画得有把年纪时才发现画家那劳动者的本质。艺术史上记录的首先是他们劳动的轨迹。劳动也再次开发着他们的智慧。

劳动轨迹证实着我没有徒有虚名。也就是在自己的美术馆开馆的研讨会上，与会朋友自然说了不少好话，说这馆之美，说馆中作品之美，当然所陈作品是我从上千件作品中选出的少数。转眼我从艺已七十余年，那么我是艺术家，有馆中的劳动轨迹做证明。

也就是在这次研讨会上，不少朋友还提到我的文学活动。甚至有人说，我的文学作品优于绘画作品。我不愿意把我的绘画作品和文学作品做比较，因为其中有我最真实的感情投入，我是遵循有感而发的，有时我放下画笔拿起文学书写之笔，那都是我欲望的驱使，也是我心中故事的驱使。故事有的变成了散文和随笔，有的变成了小说。我所希望的是，文章中的那些人物能给读者留下印象，他们给人留下的印象不仅属于一个人，也属于那段历史和一个民族在那段历史中的生存状态。

铁扬

2025年早春于铁扬美术馆工作室

目 录

游吟诗人

故乡三神

旅行杂记

母亲的大碗

母亲的大碗

　　那时，乡人吃饭用三种尺寸的碗：大、中、小。三种都属粗瓷，它们造型不规矩，挂釉潦草，颜色有黑有白。白釉碗绘有蓝色潦草图案，或概念中的花朵，或概念中的云朵，碗边用麻绳样的图案收住。黑釉碗则是清一色的黑，有的黑中还透着暗红。

　　中号碗用途最广，乡人吃饭多用它。小号碗属于孩子，是中号碗的一半大小。大号碗的容量是中号的一倍或更多，人们管这种碗叫钵碗，家里的壮劳力吃饭用它，有长工的人家，长工吃饭也用它。那些年我们家里是有长工的。

　　我们所说的"饭"不属于固体干饭，它专指或稀或稠的流食——粥，里面常杂以瓜豆和薯类。用大碗吃饭的人以粗糙的大手把碗托住，嘴在碗边上转动着喝出响声，显得十分豪迈。

女人们吃饭不用大碗，我母亲却有一只，这是她的专用，且每年只用一次，都是在她的生日。平时这只碗被倒放在碗橱一个什么地方，家人很少注意它的存在。这是一只白釉、蓝花钵碗，碗身就绘有似云非云、似花非花的乱线般图案，沿碗边就是随处可见的麻绳图案。母亲生日这天，家人才注意到这碗的存在，确切说，当母亲端起这碗时，人们才恍然大悟：今天是母亲的生日了。

这时的母亲从一个什么地方捧出这只大碗，自言自语着说："今天换个大碗。"说着把锅里的"饭"不声不响地盛入碗中，坐在自己刚劳作过的灶前，呼呼喝起来。那时灶膛的余火尚在，余火映着她那一张平时就显黑的脸，脸上只是一派的满足，神情十分悠闲。没有人去向母亲祝贺，我们——几岁的我和十几岁的姐姐，只是站在厨房门口会意地交换着眼色。实在不知道如何去表达祝贺，我们不会。不似当今的孩子为大人祝贺生日，大人为孩子祝贺生日时，有那么多话要说，虽然那话是从一个什么地方模仿而来，说得极其"形式"和尴尬。那时的我们只知道这是母亲一个特殊的日子。这一天对于母亲来说，有别于三百六十四天的任何一天。她端出了大碗。

在平常的日子里，母亲是一个不显山水的人，她少言语，多劳作，担负着全家人衣食的运转：棉花由花朵变成布，再变成衣，粮食由谷粒变成面，再变成饭。那时我家人口众多，在一口"七印锅"里熬粥要添一筲水，下二升米，擀面条要用一支半丈长的擀面杖，把面团擀成几尺直径的大片，再切上上百刀，切成条；全家人要穿衣需多少长短的布，要由多少针线来缝连，而每年到衣服被拆洗时，母亲还要把柴草灰淋成的灰水做洗涤剂，她的两只手在灰水里抓挠着衣物，手被泡得通红……具有一双"解放脚"的母亲从早到晚只是在家中行走着。于是院中的各个角落就会传出风箱声、织机声、刷锅声、叫鸡声、叫猪声、棒槌的捶布声，直到晚间的纺车声。母亲是没有时间和我们说话的。待到说话时，她不得不把内容压缩到最短。"走吧。"这是她催我上学了。"睡吧。"当然这是催我上床。"给。"那是她正把一点吃食交给我，或一块饼子或一块山药。也许正是因了母亲那简短的吩咐和呼喊，我们做子女的才心领神会，无条件地接受着、执行着。

我奶奶却是一位见过世面说话唠叨的人，她嫌母亲把饭食做得单调又少于和她交流，常常朝母亲没有人称地唠叨着："给你说事，也不知你记住没记住。也不知你明白不明白。你说就煎这两条鱼……"她是说我母亲煎的鱼不合她的口味。当然，鱼在我们那里是稀罕之稀罕，我母亲不会做鱼，而我奶奶早年跟我那位从军的祖父在南方居住过，对鱼情有独钟。逢这时，我母亲面对几条一拃长的小鱼就显得十分无奈，她不知在一口七印大锅里怎样对待它们。小煎锅倒有，平时缺乏炉灶配合，只在春节时才立灶生火。

我父亲说话幽默，便过来打圆场，他对我奶奶说："娘，鱼这物件怎么做也是个鱼味。"

这时我奶奶的话会更稠。

……

鱼的风波总会过去。母亲迈起一双解放脚还是会把鱼送给奶奶，就像什么事也没有发生。奶奶面无表情地撕扯着它们，嚼着。各种琐碎的声音又会从各个角落升起。日子还在继续。

母亲又端出了她的大碗，"又是一年春草绿，依然十里杏花红"，每逢母亲生日，家中的一棵杏树都在开花。

有一年母亲没有端出她的大碗，是1947年，北方农村大变革的年代，土地所有制要改革，社会各阶层要平均，富户就要遇到前所未有的命运转折。当然这要涉及我家。

我家要将多余的土地、房屋匀出，懂得政治的父亲率先将多余的土地和房屋献了出来，但事情并没有结束，一个"深挖浮财"的运动又在继续。"浮财"指的是地上和地下的宝贝，挖浮财要拿家中的女人说事，这种女人被称作"富婆"。政策决定要把村中一班富婆按坐牢的形式集中起来，让她们坦白交代。我家的富婆当数奶奶了。一天当持枪的民兵要带走奶奶时，母亲却站了出来，她对来人说："叫我吧。"她边说边向门外走去。于是替奶奶服刑的母亲便被集中到村中一家大牢似的大屋里。

那里集中着十几名"富婆"。富婆们是要吃饭的，各家的饭要由各家去送，这时奶奶才取代了母亲在家中的位置，以"二把刀"的手艺弄火做饭，送饭的任务则落到我的头上。现时，我已是一个被免职的落魄的儿童领袖，先前我是学校儿童团的"一把手"。

奶奶把稀薄的稀饭盛入一个瓦罐，我信手从碗橱上拿下一只中号黑碗，刚要出门。奶奶却把一只大碗递过来说："用大碗。"这是母亲的大碗，我后悔我为什么没有想到。

我低头走过大街去给母亲送饭，躲避着村人的眼光，不知不觉地想到一出戏里的唱词：天无势星斗昏，地无势草无根。君子无势大街上混，凤凰无势落鸡群。此时，我不自量地把自己比作落魄的君子和凤凰。

走到"牢"门，经过检查，我从"号"中喊出母亲，母亲在一个背静处吃饭。她把饭盛在大碗中，想了想说："你想出来的?"我说："是奶奶。"母亲的嘴在碗边上停歇片刻，呼呼喝起来。那饭很稀，先前我家做饭下米用两升，现在用半升。

母亲呼呼地喝着。我看母亲少有的吃相，问："娘，你为什么在这儿?"

母亲想了想说："这要问你大哥。他懂这里边的事。"

我大哥是谁? 是抗战开始投笔从戎，现正在晋东南一个地区领导这场运动。

后来十几年后，我见到大哥问他："土改非得那样搞吗?"

他说："就得那样搞，那是革命一个阶段的需要。我在晋东南，也指示圈过人。"

那时大哥在中央一个专为制定农村政策的部门工作。

那次见面，大哥专门问了母亲的大碗。我说："大碗还在，那不是浮财。"

大哥笑笑，重复我的话说："那不是浮财。"

几年后，时局归于平静，我们这班投身革命的子女，有能力使母亲重新开始她的另一种生活了，争着抢着要把她从老家接出来。然而她却去世了——得了一种没有诊断清楚的胃肠道大出血病。父亲虽然是医生，也没有能够挽救她的生命。

我接到父亲的电话由省城回家奔丧，原来为母亲奔丧的兄弟姐妹，只我一人，他们或因路途遥远，或身有重任。我的身份顺理成章地成了长子。出殡时长子要戴重孝，打幡，摔"老盆"。打幡、摔盆是葬礼中的重中之重。

老盆是一只红色瓦盆，盆中盛有粮食和柴草灰。出殡这天当棺木被抬出门抬上灵车之前，长孝子要跪在棺前朝着棺材将盆摔碎。给亡灵送"伙食"吧。

父亲决定母亲的丧事要按老规矩办，且办得红火热闹，鼓乐班、十八人抬的灵柩一应俱全。热情的乡亲（一位先前押送母亲的民兵）为母亲买来崭新的瓦盆。这时父亲却有了新意，他举出了母亲的大碗，把大碗交到我的手中说："摔它吧。"

我按照长孝子的规矩，痛哭着，跪在母亲的棺前，举着这"盆"朝着母亲的棺头，用力摔去，母亲的大碗被我摔得粉碎，我努力完成着父亲提出的这个代表着全家人的心愿。可惜，奶奶已过世，若健在，我猜她也会有此想法的。她要用此举来弥补婆媳间的那些小小的不愉快吧。

至今，我仍赞美父亲的举动，有了这举动才完美了母亲的丧事，也完美了母亲的一生，完美了一家人对这位女性的敬重。

几十年过去了，现在我从事着艺术事业，为研究民间的瓷绘艺术，酷爱收集瓷片。为此四处寻找、发现。还根据我对瓷绘艺术的知识，把瓷片编成系列。但，每当我摆弄起瓷片时，心中总有一种说不出的痛楚和遗憾。我的瓷片里却没有我母亲那只大碗的一星半点。

2012年10月

2013年10月再改

父亲的墓碑

我很想为我的家族建造一块小小的墓地。就像我看到过的那些美丽的墓地一样。有温柔的草丛，有洁净的刻石，碑前还时常摆有鲜花。置身于此，你总觉得地下的灵魂和你做着交流，他们和你一同呼吸着地上的空气，热热闹闹说着他们生前的话。四周是那么空灵。

造墓地做墓碑，要从我父亲的开始，因为在故人中他离我最近。童年时我那些喜怒哀乐都是他给予的，虽然哀总是多于喜和乐，哀有时还会变成怒。

父亲看不惯我的举止动态，就连我走路的"里八字"他也恼怒万分。于是他让我沿着家里的甬路做着克服 —— 脚用力向外撇，满脚着地一步步向前迈。我怀着莫大的悲痛按他的指示做，自尊心也受着无尽的伤害。而我父亲不管这些，他只严肃地重复一句话："走!"那时他正在做着自己的事情，也许正在读一本什么书：他的视力极差，用一只眼睛的微光扫描着字面，鼻尖"嚓嚓"地扫着书本。他那极差的视力是小时下河游泳被淹，害伤寒落下的。也许就是因此，他便研习医学，中医和西医都有学习。但他始终没有治好自己的眼疾，即便他是一方名医。但现在他对我的走不走却看得"清楚"。

幼年时，我说话口吃，最最惧怕的就是父亲对我发问，但他的发问是那么突如其来、那么随意。他突如其来地问我："那位捉住曹操又放了曹操的是谁?"因为我刚在城里看了一出京剧《捉放曹》，我也知道那人叫陈宫，但我说不出"陈"字。此时内心慌乱，舌头和口腔呈胶着状。可父亲还在问我："谁捉住曹操又放了曹操?"我的舌头和口腔更加胶着，直到母亲走过来，把我领走。我回头看看父亲，他还在低头看书，似已忘记刚才的一切。这时我倒觉着父亲有几分可怜，他对我是那样无奈。大凡人感到对方于己的无奈时，对方都是会被同情的。

我始终没有改过我的"里八字"，口吃的毛病也伴随了我许久。

我父亲走路是外八字，说话口若悬河，遇事出口成章。

我体内流淌的分明是父亲的血:我那属于"茅草火"的急脾气,我做事的快节奏,或者我尚有几分"天才"的话。每天我没办法"不动作",虽然有时显得手忙脚乱,见异思迁。一切都是父亲的给予。

当然父亲最值得一提的是,他过早地告诫了我"知识就是力量"这个道理。虽然我童年时从他那里得到的知识才只是"天地玄黄,宇宙洪荒""曾参之子泣""器具质而洁,瓦缶胜金玉""四君子汤中和义"……还有陈宫做县官的那个县叫中牟县,这样一些零星的"学问",但影响我终生的,便是这些零星。

父亲的朴素学问包括了政治、经济、天文地理、宗教文艺。他指着墙上的"沪杭甬地图"说:"看,钱塘江的入海口比黄河、长江的入海口还要宽。"几十年后当我真的游过这"三江"时,确实发现钱塘江的入海口最宽;我父亲在案头看着他从日本订购的《皇汉医学》,嘴里却哼着:云儿飘,星儿摇摇,海早起了风潮。他本在整理着他手下的药物,却告诉你戏台上的锣鼓也有"经",叫锣鼓经 —— 有个锣鼓经曲牌叫《水底鱼》;他说欧罗巴洲靠的是大西洋,不是太平洋;立陶宛是个国家可不是一只碗。

乡人对他的尊敬很难说是因了哪一项,他是家乡文明的传播者：我们村里那所"洋学堂"就是他自备干粮到县衙告状，告倒了一位封建学董，而力争来的"作品"。这所学堂有着"哥特式"的灰砖门楼，丈把高的影壁上写着"总理遗嘱"：余致力国民革命凡四十年……建校时正是孙总理逝世的年代，这又联系了政治。说到政治，父亲是家乡国、共两党的创始人之一。这一笔很重。

后来我长大了，仍然没有克服掉走路"里八字"和口吃的毛病，但我还是长大了，穿起了革命队伍中的灰军装。我身背一个小包袱离家出门时，父亲站在一旁不温不火地说："这是必然。"意思是：我们的出路只有一条，跟革命走，别无选择，"我们"也包括了我的兄弟姐妹。

我革命了，有我的灰军装作证明。后来我辗转地投入了文艺行，二十世纪五十年代时我是一名学美术的本科大学生。

暑假时，我背着沉重的油画工具回家乡赵州写生。画赵州的古城墙，画乡村土路，画平原上的棉花地……

我把几天来的作业排在墙上开展览似的审视自己，也希望父亲对它有个态度，因为关于我学艺术的选择他还未置可否。我一身紧张地等父亲的到来。没准他面对我的油画会突如其来地问我："达·芬奇和安格尔谁活的年岁大？"

这年我还没有学过西洋美术史。然而父亲的到来是另一种姿态。他走过来眼睛没有视像地远处"看看",近处"看看",望着天空,怀着几分得意、几分自信地说:"这是古老的城堡""乡村人道",这是"棉铃盛开"……

我想以父亲的视力,是看不出什么的,我画的是油画,且画在一张张32开大小的纸板上,笔触混乱,油迹斑驳。然而他面对我——油画的作者,偏要道出对它们的认识和认可。这证明着,我在父亲眼里已经不再是那个走路拐着"里八字"、说话口吃的孩子了,我是一个"大人物"。现在,我正创造着艺术,父亲却把自己摆在了一个只有无条件赞美艺术的普通观众的位置。我受着前所未有的感动,这是一种关系的颠倒,这种颠倒不是因了我的成就,而是父亲的逻辑的一种转换。我为父亲的行为而感动,也为父亲的行为而惆怅——难道我的"里八字"和口吃真的已被父亲遗忘。而父亲面对我的"艺术"还在发表着见解。他说:"看来,这芥子园对你们是没有用处的。"又说,"可,这石分三面的道理是颠扑不破的。"凭他的直觉,发现了西画与国画的区别。他讲的是两种造型艺术的不同。

我大学毕业从事着艺术事业,父亲却在我们县卫生部门做着领导,这正是那个以政治挂帅,"超英""赶美"气壮山河的年代。我几年不见父亲了，当我再见到他时，却意外地发现他和从前那个父亲已判若两人，现在是一个精神涣散、少言寡语、神情萎靡的老人。其实那时他才刚过六十岁。我努力引导他振奋精神，和我多做些交流，哪怕再挑剔、指责我一点什么。但他总是答非所问，说到时局，要么沉默不语，要么答非所问，这当然不是父亲的性格。我怀着极度沉闷的心情和父亲做了告别。我没有过分地担心他的身体，我相信以他的医术对自己会有准确的判断，但疑团还是笼罩着我。谁知我们分别不久，就传来他逝世的消息。

仙逝的父亲灵魂还是得到了最大的安慰，在县城的烈士塔前，人们为他举行了隆重的追悼会。

父亲没有什么遗物，条案上是他终生爱惜的几部线装书和洋装书，几件旧家具漆皮剥落，旧中山服上打着补丁……

我从条案上拣出父亲的一个笔记本，这是一个巴掌大的绿皮本子，上面记录着他近期的一些学习"心得"和活动记录，但字体歪斜、潦草，字句不整、含义混乱，这本不是他的风度：

已知矛盾性质，三大敌人打垮，解决帝封，又出现资无；用整风改革了……斗争是正确的胜利。

我们学习意义，任务一个节（接）一个解决也是这样（就是不断革命）单干尽量少。

目前，东风压西风……宇宙观——世界观要紧跟！！！

工业形势大好怎样围绕。

已知矛盾，费一巴。

棉花2500斤，治病不用药，手术不用刀。

第三次过关检查……右。

形上……右根……治浮肿不利……

我捧着父亲的笔记本，联系前些时日他的状态，推测着父亲突然离去的原因：他是身心疲惫吧。对那个如火如荼的时代，他想跟，你看他在"紧跟"两字的后面加了三个叹号，还有"过关检查"后面又联系着"右"，面对那个如火如荼的时代，虽然他立志紧跟，但他始终属于"右"。于是他忙乱，他束手无策，他倦怠，他落寞。在他的笔记本上，连写下几个完整的句子也做不到了。大凡人在被一种落寞情绪统治时，也许他人生的悲剧也就不期而至了。

"浮肿"是那个时代一种常见病。是营养不良所致。据我的一位乡亲介绍，当时仅我们那个三百户人家的小村，死于浮肿的就有六十余人，全县死于该病的人数就更庞大了。要追根源，就要落到父亲头上，父亲就要为自己"上纲上线"了，他是"右"的。在他那个记事本上"右"字不时出现就是证明。

我同情父亲，怀念父亲，却觉得父亲离我更近了，我决定为父亲立一座石碑，虽然我的决定离他的去世晚了许多年。我开始撰写碑文，自己设计碑的形式，像个雕塑家一样还先做了泥稿。

接下来寻找石料，通知亲友，拟定立碑时间。然而我忽略了一件最最重要的事 —— 墓碑立在哪里，现在我们并没有属于自己的一小块土地。连从前故人的坟头土堆都没有，也就是在那个如火如荼的"大跃进"年代，农村平整土地时，坟头也在平整之列，原先我家的祖坟坟址，现时已处于村人承包之地块中。于是为了完成我的心愿，惊动了村中领导，希望领导说服承包人能够配合，并说明我的举动是有偿的。然而不久村领导告知我，承包人是拒绝的。我必得另辟蹊径。所幸在距父亲的墓地不远处有一小块荒地，它原属于我家的井台。现在无人耕种，荒草丛生，那儿虽然不是父亲的葬地，方位又倾斜，我想届时在墓碑上落字说明距离指向就可以了。连日来我得意这一发现。村领导也答应帮助筹措运作。但几天后，村领导打来电话，他操着一口地道的家乡话，高着调门儿对我说："铁老，不行，压着腿呢。"

这是怎么回事，压着谁的腿？我在电话中耐心地询问。原来在距这块小荒地的正前方百米处，有村人一座新坟，坟里的故人的腿正朝着这块小荒地，那么在这位地下乡亲的腿下"摆石头"，就要压着他的腿了。这是一个"不容置疑"的朴素的且有着古典的浪漫色彩的观念。

我曾"撺掇"村领导说服乡亲放弃这个观念。村领导再做努力后又在电话里回答说："不行，铁老，压着腿呢。"

我决定不再和村人为难。为了尊重村人这个不可颠覆的观念，为了不使我这块石头"压"这位地下乡亲的腿，放弃了为父亲立碑的念头。

我那块墓碑的泥稿被放置在画室的窗台上，一放几年。后来因一次下雨忘记关窗，雨飘进来，泥稿被雨水粉碎。

墓地无望，"墓碑"化为泥，我倒突然觉得，父亲离我更近了，他总是出现在我的面前，一遍一遍地问我：那位捉住曹操又放了曹操的是谁。一遍遍告诉我立陶宛不是一只碗……他提醒我，克服走路姿态的毛病但不要"矫枉过正"。他激励着我对世间万物、万事探知的欲望。

也许有了那块石头——墓碑的确定，我倒不会和父亲做这种交流了。

人生，就需要有人时不时告诫你：压着腿呢，此路不通。

2012年10月

2013年10月再改

大哥的医术

大哥长我十八岁，兄弟间是一个很远的距离。

大哥不是行医者，更没有医术。然而他敢为患者动刀。接受他刀术的第一位患者就是我，就因为我小他许多吧。那年我两岁。

大哥为什么在我身上动刀，因为我脖子上有疾患。后来我得知这是一种叫瘰疬的病，这是中医的称谓，在西医科学则属淋巴上的问题。

那时的大哥是高等师范的一名学生。这所师范是省内一所知名学校，它以"产生"爱国志士而闻名，大哥就是学校中一个活跃分子，因"闹学潮"而被通缉。于是就要远离家乡投笔从戎做一位职业革命家，行前发现了我这正给家中带来累赘的病症，于是要大显身手，拿我开刀，为家中"除患"。至于他的"手起刀落"能否免除我的疾苦，却考虑不多。这是许多年后他告诉我的。他说那时的他纯粹是带着一种"激进的浪漫主义"行事。这是他在学校养成的作风。而这种作风是受了党内那个"左"倾盲动主义的影响。那时"左"倾盲动主义正领导着这一方的革命，这里正推进着革命在几个村子中的胜利，因为"上边"也正在推行着让革命先在一个城市中胜利。结果这种不合时宜的革命行动屡遭失败。后来连他们自己也没有立足之地了。

大凡这种激进分子，或许都具有超前意识，加之大哥聪慧过人，兴趣广泛，行为敏捷，在学校时他不光是一位政治上的"先知先觉"者，其兴趣还散见于诸多领域。他发起学习世界语运动；自编自演文明戏；成立国画研习社；给大都市的小报投稿；为食堂制定营养食谱……他确也接触过现代医学。在学校自办小诊所，号召用西药代替中药，为此还编成顺口溜号召村人相信西药的功效："阿司匹林、托氏散，又治咳嗽又治喘"；"头疼发烧，氨基比林一包"；"消炎去肿，碘酒、红汞"……但他从未拿过手术刀。现在他终于要在我身上初试锋芒。用家中的旧座钟发条打制了一把"柳叶刀"，磨刀霍霍向"铁羊"。

两岁的我不记得他是怎样把带着无比恐惧进行疯狂反抗的我制服的，我只记得在日后的岁月里他给我留下的灾难有多么沉重：我三岁了，脖子整天歪向一边，不愈合的刀口使我日夜疼痛难忍。我还记得父亲请了一位专业西医为我换药，他把一根尺把长的棉条从我的伤口中搜出来，再把一根蘸着黄碘的纱条塞进去。我四岁了，看到别的伙伴都转动着光滑的脖子自由自在。而缠着绷带的我，脖子却在坚挺着……我不记得什么时候我不再和纱布、棉球打交道，这时却发现我脖子上留下了永久的"残缺"，这残缺伤害着我的自尊。我自信在容貌上永远不及他人。

很久我才知道，原来为我实施过手术的大哥，也并没有放心他的"医术"。日后听他叙述，在战争年代投笔从戎时一旦闲下来，便想起我的脖子，而且他总觉得我是凶多吉少。在战场上听军医们讲，给患者动刀，首先要了解患处的肌肉纹理方向。下刀时要顺着肌肉的纹理，不可截断它的纹理，纹理被截断是难以愈合的。后来我学习美术，在学习解剖学时得知，那里的肌肉群叫"胸锁乳突肌"。

伴随着对我的牵挂，大哥经过了抗日战争、解放战争，也就是在两次战争胜利之后，他奉命从晋南赴四川，回家探亲时，我才和大哥"正式"见面，我也才看见了他的模样。陌生的大哥个子不高、面颊消瘦，茂密的胡子楂糊在两腮和下巴，虽然带着长途旅行后的疲惫，但还是显出一位革命者惯有的英气。加之有个身挎驳壳枪的卫士紧跟身后，更增加了这位职业革命家的气质。

大哥走进先前为我动刀的那个老院落，不顾其他家人对他的迎接，首先奔向了我。他盯住我的脖子，左看看右看看说："总算长上了，总算长上了。真是危险，真是危险。"

我羞于别人注意我的脖子，也羞于大哥对它的注意，我想，长是长上了，但它给我留下的不是美丽，而是难堪。

我和大哥相处几日，他以他的"医术"为例，一再谈及他在学校时的那些"鲁莽"。他说，他曾受命扮作土匪和另一伙土匪谈判争地盘；他曾作为一支游击队的指导员，用几支破枪去和当地装备精良的军警对峙"激战"，黑夜他曾"蹿房越脊"去收缴地主的武装……当时胆大妄为想收都收不住，他就是带着这种气概朝向了我的脖子。

或许是大哥在我脖子上留过歉意的缘故，他终生对我牵挂有加。而我也是受大哥的"牵挂"的感动，所以在家人当中和他的交流是最多的。又因他早年的意识超前，涉猎广泛，在我进入艺术行当之后，他和我谈艺术论文学就更加自然。他从《少年维特之烦恼》到《短裤党》，从巴尔扎克到曹雪芹，从画界的"四王吴历"到吴昌硕。他说洪深在中国话剧史上的地位不一定比田汉低……和大哥交流，我觉得我永远是幼稚的。我越来越觉得大哥并非只是一位"左"倾过的粗人，从灵魂深处，他本是一位富有爱心的"细人"，细中还常带着几分软弱。他跟我讲述一个故事：抗战时，他曾做锄奸工作，他亲手用枪结束过一位在押中逃跑的汉奸。但此事纠缠他终生，他始终怀疑自己做错了什么。就像他用一把自制的柳叶刀凶猛地朝向他的弟弟，也成了他终生的牵挂……我想一个对文化用心领略过的人，爱就会充满着他的灵魂。

那次我们在老家分别后，他南下四川，领导过一个地区的土改。

后来他奉调进京，任职在一个专为农村制定政策的部门。

他再奉命南下，又在江南一个省领导起农业。此时，他显然是一位有经验于农村、农业的领导干部。在那个著名的饥荒遍地的三年困难时期，他所在的省份农业却有着奇迹般的稳定，拥向那里找饭吃的同胞大有人在。一时成为当时的"名省"。足见他的领导智慧了。但我和大哥的每次相见，他从不谈及他的本职，谈及的还是那些"闲散"的题外话，你会觉得他为人的"散淡"。

一次他在乡下看见一个农民把清代王石谷的山水画当糊墙纸糊在板墙上，他就用几张板把它换下来，裱好，交给一个博物馆。

他带着黄宾虹一幅未签名的画去请正在医院卧床不起的黄先生落款题字，黄先生让他把画面朝下展开，又让人拿来笔墨，举着手在画上一阵"涂抹"后，才在画上落了款、盖了章。

我约几位朋友在大哥家中画画，大哥连"班"都不上了，还用他的特供"富强粉"亲自动手为我们包饺子。

我的一位电影导演朋友来家中做客，大哥便同他大谈这位导演的一部作品的成败，最后还为这位导演"说"了一部关于"蚕·桑"的电影脚本。他管农业，懂蚕桑。

我同他看了一出话剧，他约我一同为那出戏写了一篇批评文章，指出这出戏的许多不合理之处。后来这篇文章在一个专业刊物上发表，我们兄弟得了十八元稿费，他让我用此款为他买了一部线装的《资治通鉴》，我则买了一部《静静的顿河》。

......

我为整天忙于此道的大哥而兴奋，也为他而担心——一位不务正业的领导同志吧。

果然，不久"文革"袭来，我的担心得到证实，大哥得到了极其残酷的对待，当时各种时兴的惩罚手段便集于他一身了。在诸多罪名里，有两条最严重：一、在历史上就是一位"左"倾冒险主义路线的忠实执行者。二、不务正业，和封资修有着千丝万缕的联系。

大哥告别了他那得心应手的岗位，过了十几年颠沛流离的日子。"十年动乱"过后我们再次相见时，他从前那种职业革命家的英气和他闲散的"文人"相，都已不复存在。他是一位满头白发、面无表情、蹒跚的老者，且有多种疾病缠身。但他还是像一位普通劳动者一样努力做着手上的事。那是一个阴冷的冬季，这天他穿一身厚重的棉衣，挽起两只袖子，在一个用阳台改建的厨房里，做着泥瓦匠的活儿——改建灶台。看我进来，他举着手中的瓦刀喘着粗气对我说："又在动刀了。给灶台动手术。"

原来，几十年过去后，又经十年风雨，早年为我动刀之事他仍然没有放下。

他放下瓦刀洗了两只泥手，蹒跚着从阳台走进客厅，坐下来，显得十分疲惫。

客厅很冷，也格外空洞，原先墙上是有字画的，有名家的大作，也有大哥的松树（他画松树是早年在学校练就的），现在四壁空空，更增加了寒冷的气氛。我们一时无话。半天，大哥才开口对我说："我知道你该来了，也该来了。"然后又指着四壁说，"没有了。《资治通鉴》也没有了。"他说着，苦涩地笑笑，眼睛又朝窗外看去，窗外有棵梧桐树，现在叶子已落尽，有几只麻雀正在树上嬉戏。

我和大哥没有话题开展，大概我只说了些从北方到南方的见闻。猜测着十年过后的时局将如何变化。他对我的猜测不置可否。

这次我专程来看大哥，和他相处的日子较长，从这个寒冷的冬天，直到窗外那棵梧桐吐出新芽。

一天大哥凝望着窗外的梧桐树对我说，去年梧桐发芽时，他曾写了一首诗，诗是专为送我的。说着把一个本子递给我。我打开，发现这是一首名为《西江月·赠弟》的古体诗。写道：

窗外梧桐透碧

孤株报我春意

枝头东风总知情

可否寄语吾弟

卅年铁鞋磨碎

功过谁与评说

世间炎凉原一瞬

唯记故园儿戏

故园、儿戏还是为我动刀之事。

面对大哥送我的诗，我无比地感动，我是说不出什么的。再者，功与过还用我去评说吗？他这是明知故问了。再说那个"云水怒、风浪急"的年代过后，三十年的一切，他反倒模糊起来，唯独故园与我的那一刀他倒越来越清晰了。大哥看我只是站着不说话，就说："写几个字玩玩吧，也叫个诗吧。"他说，这几年他总是在做同一个梦：为我开刀，他说在梦中的我当场就死在他的刀下。每次他都是在一阵恐惧中惊醒。我说，梦都是反梦，我不是活得很好吗？他问我："你学过解剖学，这块肌肉叫什么肌?"我说："叫胸锁乳突肌。"他说："给人动刀，连那块肌肉叫什么都不知道，也够大胆了。"

我本想和大哥和诗一首，也因了我在大哥面前的幼稚吧，想了些似是而非的句子，还是放弃了自己的打算。虽然那时已是严冬过后的春天。

2012年10月

姐姐的舞蹈

我姐姐从"东北"回来。我们说的东北不是我国的东北三省，这个东北在我们家乡赵州地盘内。那里有成规模的梨树，是著名的梨乡。抗战时，那里是一小块抗日根据地。由于它地形优越，成行的梨树像无边无际的迷魂阵，且远离县城，县抗日政权、抗日武装就隐蔽于此。现在姐姐为什么从那里回来？她平日都在那里受训。受训是一件很时髦的事，抗日军民也包括儿童、少年都盼望去受训，以增强政治觉悟和对革命的认识。

我姐姐是一所抗日小学的学生干部，其实她才十四岁。她从东北受训回来带着许多革命和抗日的道理，她要宣传、要传播。她的第一个传播对象就是我。

我和姐姐在我家一块玉米地里看玉米。正是玉米灌浆、充实的季节，玉米穗正由黄变红，玉米缨子正由红变紫：一块充满鲜气的玉米地，一派充满鲜气的世界。

我和姐姐坐在高高的窝棚内，啃着刚才由我主持烧熟的玉米。窝棚外正飘着"罗面"细雨。有谚语说：雨前罗面不下雨，雨后罗面不晴天。现在是雨前。罗面雨像雾，像细罗筛下的面，打在脸上让人好爽快、好精神。罗面雨虽细，还是浇灭了我们刚才烧玉米时的余火。

姐姐看着余火问我："你说这玉米老的好吃、嫩的好吃？"我说："嫩的好吃。"姐姐说："我说老的好吃，有嚼头。"我看着姐姐啃玉米的样子，她一口白牙磨砺着乌黑的玉米粒，是那么香甜，姐姐的一口白牙非常整齐（直到姐姐晚年还是这口完好无损的白牙）。可我还是喜欢嫩的玉米，吃起来筋道、甜丝丝。

我们按着各自的喜好挑选着各自喜欢的玉米啃，窝棚外像罗面一样的雨把我们罩起来。姐姐突然对我说："你也是儿童团的干部，你知道八路军归谁领导？"我说："归毛主席呗。"姐姐问："谁领导毛主席？"我想了想说："是朱德吧。"姐姐笑了，说："毛主席比朱德还大。可不是。告诉你吧，领导毛主席的是共产党。可谁领导共产党呢？"我说："毛主席呗。"姐姐笑得很欢说："你这不是车轱辘转嘛。"我也觉得这是算不清的账了。姐姐说："先前我也闹不清，这次受了训才闹清了。共产党不光中国有，全世界好多国家都有，这么多共产党得有一个人统一领导，这个人叫卡尔·列宁，是个苏联人。"

姐姐手里攥着她的空玉米芯，摇晃着一头不算整齐的短发，大人似的、八路军女干部似的、作报告似的，神气活现。

姐姐是个快乐的人，遇到新鲜事就更显出快乐无比，这次受训给她带来许多新鲜许多快乐。

卡尔·列宁，我觉得这个人的名字很怪，姐姐又解释说，现在这个人虽然死了，实际上各国共产党还归他领导，是思想领导，根据他的思想，现在咱们先要打败日本，以后实行共产主义，所以叫共产党。

我觉得人还得受训，不受训就知道眼前这点事，打日本、锄汉奸，我们儿童团只知道这些。

罗面雨停了，真是雨前罗面不下雨，应了这句话。天上的云彩正在四散，潮气正从玉米地里向上升。姐姐看看罗面雨停了就说："走，教你跳一个舞吧，也是这次在东北受训学的，这也是受训的内容，也是宣传抗日。"

我和姐姐从窝棚上跳下来，看不远处有块小空地，姐姐站下来对我说："我教的这个舞叫'支前舞'，表现的是老百姓支援前线的事。"

姐姐教我，把身子站直，两手叉腰，先"咯噔"左腿，抬起右腿；然后"咯噔"右腿，抬起左腿；弯腰向前看，她说这是要推车。然后两手下垂"抓住""车把"，咯噔腿转圈儿，她说这是去装粮食……"直到把粮食口袋装到车上，推起来……"变化着队形向前走，这是上了支前的路，边唱边走，人数不限。唱词是：

我们都是老百姓

支援前线最光荣

前方战士打胜仗

我们心中多高兴

推起那支前车

冒着大风大雨向前冲

骨碌碌向前冲

支前乐无穷

姐姐的抗日学校是一所正规学校，离我们村子十几里远，上学时她要经过敌人的碉堡，碉堡上住着日本人和伪

军。姐姐住校大半是不回家的，有时回家是来拿口粮，回学校时她要背上十几斤小米，那是她半个月的口粮。姐姐把小米背在背上，腰里系上她的小包袱，包袱里是她的书，只待黄昏时她才出门上路。她说天黑下来过碉堡不易被敌人发现，天长日久她已练成了一身过碉堡的本领，但是有一次她还是没有躲过敌人的眼睛，敌人发现有人过碉堡朝她开枪，所幸子弹没有伤到她，子弹只擦着了她的米口袋，姐姐跑得快，小米撒了一路，她说："就沾了我个子矮、跑得快的光。"

姐姐是个矮个子，可她跑得快，在学校赛跑每次都拿第一。

我跟姐姐学会了"支前舞"，我又教会了我的伙伴，我们四处演出，出尽了风头，哪里有抗日政府组织的晚会，我们就被邀请参加。每次演出都有人管饭，好吃好喝，菜里即使没有肉也有豆腐。

有一次我们又被邀请演出时，在会场遇到姐姐，她早已不再跳支前舞，他们今天演的是一出叫"张小勇参军"的戏。姐姐演那个张小勇，张小勇是个男的。她头上包一块白羊肚手巾，手巾两个角在眼前垂耷着，像两只兔耳朵。她数着快板上场说：我叫张小勇，家住在河东，我本男子汉，参军投大营，老婆支持我，父母也高兴……她数着快板，一走一颠地扭着秧歌步，加上她个子矮，穿的衣服厚，像个圆球，招得台下的观众光笑。姐姐不管这些，她只按照原先设定下的路数，演完了她的"张小勇参军"。有人问，这张小勇是个男的还是个女的？有人说是男的，有人说是女扮男装。演"老婆"的女生比她个子高，也包着白毛巾，毛巾上有牡丹花，跟在张小勇后边，走着三步一退的秧歌步，唱着：丈夫去当兵，老婆叫一声，毛儿他爹你等等我，为妻的将你送一程……

我们还是跳支前舞，演出结束后，我和姐姐在台下相遇，她还包着羊肚手巾，拉住我的手说："支前舞里有句唱词不对，是我教错了，不是大风大雨向前冲，是冒着枪林弹雨向前冲。还有一件更重要的事呢，不是卡尔·列宁领导共产党，叫卡尔的是马克思，是个德国人，列宁姓乌里扬诺夫，这是俩人。这也怪受训的时候老师讲得不对，看差到哪儿了。这可是个原则问题，可别这样递说别人了。"

姐姐说着笑着，笑声被寒风吹得四散。

我在寒风中和姐姐告别，谁知再见面已是几年以后的事了。原来自这次分别后，姐姐就从学校参了军，她入的是兵工厂，先在太行山，然后又辗转到冀中平原上。这正是那个"军队向前进，生产长一寸""打倒蒋介石，解放全中国"的年代。家中得知姐姐离我们更近了，便派我去看她，我由一位去探望儿子的乡亲带领，步行两天，找到了姐姐的驻地，那是黄土平原上一个很大很大的村子，村里矗立着几根冲天的烟筒。为了躲避敌人飞机轰炸，烟筒上用树枝、树叶做着伪装。我找到姐姐工作的院落，"车间"吧，终于见到正在上班劳作的她：两个身穿厚厚的灰军装的女兵，正抬着一个大瓮，从门外走来。姐姐走在前头，她们那厚厚的棉衣上都有许多大小不一的破洞，棉絮从洞中向外飞散着，远看去像一个个白色的大棉球。本来就不算高的姐姐，显得更矮了。我有点心疼她，想到整天抬大瓮，她会被压得更矮的。但姐姐还是那个快乐的姐姐，看到我站在院里，放下大瓮，就向我跑过来。说几年不见，我的个子快长过她了。

我和姐姐愉快地相处两天，她把我安置在一个老乡家，闲暇时，还带我游历了这个都市般的大村，分别前又教了我一个新舞 —— 地道舞。这个舞的内容编排，虽然有别于支前舞，但就其舞姿、舞步没有多大改变，还是抬起左腿，咯噔右腿；抬起右腿，咯噔左腿。也有一段伴唱：老百姓过日子图个安生，挖地道躲敌人坚决执行，呀儿呦呀儿呦坚决执行……姐姐说，这个舞是她编的，还是支前舞的动作；还说因为她跳过支前舞，领导认为她有舞蹈基础，就让她领导起全厂的文艺。其实她就这两下子，咯噔腿。

两天后我和姐姐分别，姐姐把我送出村，神秘地告诉我，她的工作要保密，她做的是火药。我和姐姐分手后，走出好远回头看她，她还站在那里。早春的天气还冷，春风吹着她一身外露的棉絮，有的棉絮生是被风吹出去在空中飘舞。

姐姐做的是火药，衣服上的洞是被一种原料烧的。她入了火药这行终生没有再离开火药。后来她进入专门学校，学的还是兵器专业的火药科。随着中国的解放事业，她造火药、造子弹、造炸弹，最后还造起了坦克。

转眼，身着正规军装的姐姐已过中年，她就职于北京一个军事指挥机关，正经历着中国那个政治多变的风雨年代，她目睹了军中一些开国将领们在"文革"中的厄运。但作为只知摆弄兵器火药的她，身不居领导，所幸没有受到什么磨难。但她已丢掉手上的工作，每天到一个农场种水稻。白天，她挽着裤腿在水田里劳作，晚上，拖着两只湿漉漉的鞋回到家来。那时，我作为一名从事文艺工作的

"老九"，从五七干校请假去看她，我发现姐姐已没有了以前的快乐。晚上我们沉闷着坐在电视机前看电视，电视里净是那些戴"红袖标"的造反者，他们横眉立目，攥拳头、举胳膊，大有要砸烂这个世界的气势，尽情表示着造反者的激动。也有以歌舞来表现造反的，唱着：天大地大……爹亲娘亲……谁是英雄、谁是混蛋……只在这时，姐姐才发起议论，她说："这也叫个舞蹈？还不如先前咱们跳的支前舞呢。咱们是咯噔左右腿，还有点优美呢。你看他们就知道跺脚，半疯一样。"

我也觉得眼前这些咬牙跺脚的"舞蹈"何止是半疯。我打趣似的对姐姐说："莫非这就是卡尔·列宁给指出的方向？"姐姐听到我说卡尔·列宁，才又笑起来说："你还记得那个卡尔·列宁，我倒忘了。"我说："快让他来中国看看吧，看看他的思想走样没走样……"姐姐赶忙收起她的笑容，显出严肃地对我说："你可别到处乱说，这可是个原则问题。不断革命就是卡尔·列宁的思想。"她又让列宁姓了卡尔。我突然觉得我说话的不合时宜，也觉出和姐姐在政治上的不同，她虽然看不惯跳舞跺脚，遇到原则问题，觉悟还是高于我的。我想到姐姐在"东北"的受训。虽然已很久远。我们一时无语。

姐姐只揉搓着她的两条腿，我觉得她的腿好像出了什么毛病，原来她得了一种关节病，膝关节越来越大，她不能再去稻田插秧了，走起路来，一条腿拖着另一条腿。可她还是弹跳着，在家中劳作着。有时还自嘲似的对我说："你看，整天咯噔来、咯噔去，跳支前舞一样。"

　　姐姐的腿疾一再恶化，她竟然卧床不起了，一头白发在枕头上滚来滚去，显得无比痛苦。有一次她突然对我说："哪怕再让我跳一回支前舞呢。"说着，哼唱起来：我们都是老百姓，支援前线最光荣……

　　听到歌声，我仿佛又看到了从前那个快乐的姐姐、快乐的舞者。

2012年10月

奶奶的世界

我奶奶，一个瘦小、白皙的乡下人，心里却有一个外部世界。

我猜，奶奶年轻时一定是个美人，她嫁给了我那位也属于相貌堂堂的年轻祖父，凭着我家一个不算富裕、生活还过得去的农户，假若没有什么变故，他们夫妻男耕女织，勤劳度日会相伴终生的。可惜人生的变故，有时并不由己。时至晚清，一位从伍的"能人"袁世凯上奏皇室，决心结束中国的冷兵器时代，主张招募操练一支新军。当一纸告示贴在家乡的街市时，便吸引了这一方的适龄青年，我祖父便是其中的一位。后来他先入军事学堂，又经过军中各阶级，到这支新军走向末日时，他已是一位高级将领了。祖父的从军，使得奶奶的生活也有变化：她不再担当家中的炊事和纺织，成了一名随军家眷。她跟随祖父从冀东到中原再到江南，直到"新军"的历史结束，她"还家为民"时，便收获了一个外部世界。

童年时，我眼中的奶奶自然已不是那位年轻的美人，她是一位瘦弱、驼背的老者。那时我和这位老者同睡一条炕。就在同一条炕上我跟奶奶在她的世界里漫游着、憧憬着、幻想着。

晚上我早早钻进属于我的被窝，奶奶却在炕上披衣久坐，一盏棉籽油灯照耀着她单薄的肩和已显凹陷的双腮。她突然没有人称没有前置词地说："紧走慢走，一天走不出汉口。"她说的是汉口之大。我眼前便也出现着"汉口"。心想，从我们村子到县城是六里，要走小半天。那么汉口之大就有三五个六里之远吧？转眼就可走出县城。汉口准有一百个县城大吧？

奶奶曾在汉口久住，后来我长大后，了解了那段历史，得知祖父当时是湖北督军王占元麾下的一位长官。

夜深了，我就要入睡了，但奶奶又有了新的话题、新的故事，她说，她住城陵矶时，看见有人用竹扁担挑两条鱼，鱼嘴挂在扁担上，鱼尾却拖着地。好大的鱼，好新奇。我研究这鱼，大约比我家的窗户还高，这时月光正把窗户

照亮，屋里虽然有灯，仍显得很黑。

关于鱼的故事，奶奶还能讲许多：宜昌人卖鱼可切开分段卖，还有专买鱼头的人……奶奶讲鱼，还酷爱鱼腥，可惜在我们这块多土少水的平原上，鱼腥稀少。偶尔有卖鱼的经过，不论大鱼小鱼，死鱼活鱼，长鱼短鱼，奶奶都要差家人去买，买鱼人大半是我母亲。但奶奶嫌我母亲做鱼外行，就亲自下厨摆治，或煎或炖，过后连剔出的五脏，她都拌以面粉，摊成煎饼，自己撕扯着吃。我和此物无缘，晚上，鱼腥味在我们的炕上缭绕，我会做起噩梦。

终于，天亮了，鱼腥味儿散了，我看着窗棂上在阳光照耀下嬉戏的麻雀，心想，奶奶大概要讲"戳子"的故事了。这故事我已听了许多遍，果然奶奶开口讲的就是"戳子"。

戳子是个人，是个冀东人。那时祖父从军不久，尚是下级军官，在冀东迁安市一个叫烧锅庄的村子驻防。房东的一个半大男孩叫戳子。奶奶讲戳子，是为了模拟冀东话。她学着冀东的腔调没头没尾地说："戳子辗（呢），快到你大爹家，求笼子去。"她说当地人管大伯叫大爹，管篮子叫笼子，管借（取）叫求。

距奶奶讲戳子六十年后，我专程去了迁安市烧锅庄，希望再发现关于戳子的蛛丝马迹。当然戳子已过世，我找到了戳子的孙子。在我和他两位孙子的聊天中，验证了关于"大爹""笼子"和"求"的真实性，也证实了奶奶生动描述的真实性。

奶奶这个关于戳子"求笼子"的故事，体现的是她对外路口音模仿的能力，在这方面她有着惊人的天赋。她能从一种语言的细枝末节，找出它的音调特点。

她说，她在保定看过一出"二师"学生演的文明戏，内容是关于文明结婚的。大凡婚礼时友人来宾都要送礼、续份子。偏偏这个婚礼无人表示，于是主人为了满足自己的虚荣心，就暗示主持人，要假读一份礼单，以示婚礼的热烈 —— 一出闹剧吧。于是聪明的主持人举着一份"礼单"念道："……柳树底下两块（凉快）、河里六块（流快）、山上十块（石块）……"奶奶惟妙惟肖地模仿，这口音显然来自保定，保定人演戏巧妙地运用了这几处可以换算的口音。

奶奶"念完礼单"，自己咯咯笑着，笑得前仰后合。

奶奶快乐地讲故事，快乐地笑，但她也自有心情郁闷的时候。那时的奶奶脸"耷拉"下来，嘴噘起来，少言寡语，凡人不理似的。家人都知道，她这是心中有事。她心中确实有事。原来我并非这一位奶奶，居官的祖父按照军中的习俗，也再次纳妾。这使得奶奶的情绪起伏不定，喜怒也就变得无常了。也许当她正温文尔雅地叙说着和某位太太"打牌""听戏""吃茶"时，没准转眼就会破口大骂起来。

"打牌""听戏""吃茶"，是外路官话吧，我们这里说，打麻将、看戏、喝茶。

奶奶骂人没头没脑，且激烈。我父亲是位医生，过后从医学心理学的角度分析奶奶时，认为这和她的婚姻生活有关，这种情况下，女人常有一种心理障碍。

奶奶骂完街，或许就会唱起歌来，她常唱一首关于"喀秋莎"的洋歌，歌中唱道：

啊，我的喀秋莎

你还记得那往事吗

捉迷藏在丁香花下

我跌倒泥坑，你把我拉

……

德里特米我的亲爱的

你的笑容虽然我欢喜

你是公爷

我是吉来斯的私生女

......

这是一首男女对唱的洋歌，奶奶先用粗声模仿着男声，又转用细声模仿着女声。音调把握得虽然马马虎虎，但绝对动情。

十多年后，我是"中戏"的学生，竟然又听到了有人唱这首歌。原来这是剧作家夏衍把托尔斯泰的小说《复活》改编成话剧里的插曲。当时学校表演系有个班级正在排演这出戏。那位女声就是喀秋莎·玛丝洛娃，男声就是聂赫留朵夫。德米特里是聂的名字。奶奶唱时总是把德米特里唱成德里特米。

直到现在，我还时常想起，奶奶一个年迈的村妇，在一个黄土小村子里唱起这首关于喀秋莎和聂赫留朵夫这两位洋人的爱情歌曲时的情景。假若真有天外之音，这音就是来自天外的。此时我家院内鸡下了蛋，正尖叫着飞下窝，猪和狗正为一件什么事在争叫。这里是喀秋莎和德米特里。而"捉迷藏在丁香花下""吉来斯的私生女"……丁香花是红是黄？私生女又是怎么回事？

这属于奶奶的悲情故事吧，这首歌曲是她看戏看来的，还是听来的，在杭州还是在上海，还是跟着"话匣子"学来的？

"青蛇白蛇闹许仙"也是奶奶所讲的悲情故事之一。夜里，奶奶吹熄了灯，她枕在自己的枕头上，自言自语着：水也长，庙也长，法海的砝码比我强。她说的是白素贞一个弱女子，终也没有敌过法海的法术。

但奶奶绝不是一个弱女子。她自有自己的气概和"派"。抗战时，在一次日伪军来我村"扫荡"中，我家遭伪军的劫掠：牲口、大车、粮食和布匹衣物，都被掠夺而去，全家正在一筹莫展时，奶奶却做了使大家意外的决定。她要"单刀赴会"，深入敌营，要回我家的牲口和大车。因为她已得知掠夺者是伪军的一个中队，其中队长先前跟祖父当过马弁。为这次出行，她仔细打扮自己：脸上施过淡淡的脂粉，头上也施过双姊妹牌生发油，一件白夏布上衣配以漆黑的单裤。布鞋也换成了皮靴（专有为缠过足的女人做成的皮靴）。奶奶要带我去做这次"旅行"。她打扮好自己，又把我打扮一番，便拉我上了路。奶奶拐歪着她的一双小脚，步行六里走进县城，走进那位中队长的官邸，在一个有月亮门有草茉莉花的院子里，那位队长迎接了奶奶。

这位队长姓陈，名凤山。凤山看见奶奶不用说是要做些寒暄的。然后，奶奶就开门见山地说："凤山啊，现时你大人远离家乡，最惦记的还是家里这点事，无非是他置办下的这几亩地、几间房子和这两头牲口、一挂大车。这牲口和大车，队上要是用不着，就还给咱家吧。几件衣服、几匹布倒不是什么好物件，弟兄们用得着，就留着用吧……"

我不记得那位陈队长是怎样应对了奶奶那一席话的，只记得他一面连声叫着太太，一面吩咐下人去找我家的牲口和大车。我还记得奶奶在讲这一番话时的从容相。她还一改平时说话时的乡音，用了一种少见的"外路话"镇住了陈队长。而后我们在陈队长家喝了茶、吃了茶食。回家时，我们坐在自家的大车上。

奶奶提到的那位大人便是我的祖父，他的军中生涯结束时，从吴淞要塞司令的任上还家为民。"七七事变"后，他因不与日本侵略者为伍，避居西安。

我和奶奶乘自家的大车回家。走出县城后，奶奶回头看县城已经远去，便朝着县城破口大骂道："王八羔子，反了你们！天打五雷轰，王八羔子……"她骂的是那位陈队长和他们的军头吧。

这是我看到的奶奶最风光、最"派"的一幕。她用了人类社会中治人和治于人的逻辑，利用自己的聪明，讨回了我家该讨回的一切。

但奶奶这个治人和治于人的逻辑并不是处世的万能良方。当抗战胜利，那些"王八羔子"遭到灭顶之灾后，一场迅雷不及掩耳之势的土改运动，也使奶奶的生活遇到一次措手不及的变故：一个拥有双套大车的家主，自然还有成片的土地和成套的院落。奶奶当然是要住"上等"院落的，现在上等院落要交出，我们全家要搬到一个"末等"院落，这里只有几间闲置的土坯房、两间盛杂物的仓房和一间长工屋。现在这院落中的土坯房倒成了上等。若按辈分，奶奶当然要住这里的。但奶奶选中的却是那间长工屋，这是牲口和长工共住的两小间房子，外间放置一个硕大的牲口石槽，里外屋由一面草帘隔开，里面有一盘小炕。现在奶奶就坚定地把她的被褥和几件衣物放置在这小炕上。她对家人说："这里好，这里严实。"全家人相互看看觉得这已是不可更改的现实。这就是奶奶吧。

因为炕小，晚上我不再和奶奶同挤一盘小炕，但我仍愿在一盏豆大的灯光下，陪奶奶一会儿，奶奶从不抱怨眼前的现实。她仍然叙述着她的老话题：城陵矶的电灯不如宜昌的电灯亮，在宜昌，晚上掉个针也能看见；北方的蹦蹦（评剧）

也去过宜昌，光唱《马前泼水》《黄爱玉上坟》。但当地人不看，看戏的还是十三旅①的兵。十三旅的老兵都是北方人；宜昌兵变②，是王大人不给发足饷。物极必反。十三旅先烧了二架牌楼，又烧了大十字街、天宝银楼和永泰药房……

……

奶奶讲宜昌兵变，是她的亲身经历，当时祖父便是那个十三旅的主官③，奶奶便是那个主官的"第一夫人"。或许她和王太太"打牌""听戏""吃茶"就是那时的事。或许就是因了十三旅的兵变，王占元和祖父都受到牵连，奶奶才还家"为民"的。但她经过了那次的"世面"，心中的那个外部世界才更加顽强，如此说来，眼前这间仍然充斥着牲口粪便味的小屋、这盘小炕、豆大的灯光，就更不在话下。宜昌的电灯再亮，"第一夫人"的生活再风光，也不过是过眼烟云罢了。这也许就是奶奶一遍又一遍讲宜昌兵变的原因吧。她愿意远离那个动荡的、空旷的时代。她愿意"严实"。她心甘情愿地"落"在这盘小炕上。

后来我长大了，要离家出走了。我要和奶奶告别。当

---

① 十三旅：全称为中央陆军第十三混成旅。
② 宜昌兵变：1920 年，时驻宜昌的陆军第十八师及第十三混成旅，发生大规模哗变。
③ 主官：祖父曾为第十三混成旅旅长。

她知道我的目的地是保定时，她说，有空儿去金庄看看吧，金庄在保定东关以东。金庄村西有个五道庙。从前五道庙里住着一个用麻秆做"猴爬杆"的老头儿。先前她和爷爷住的房子就紧挨着这个五道庙。

后来我在保定居住十多年，但我始终没有去过金庄。十几年中我也不断回老家看奶奶。奶奶也不再提金庄的事了。好像过去的一切于她都不再重要。现在对于她来讲已不再是回忆中的记忆，戳子、鱼腥、汉口、宜昌离她更加遥远。留给她的，是她的性格。

作为奶奶的孙子，我没有在行孝中看着奶奶仙逝。对于她的暮年，我只听说过关于她的两件事。

当她听到她的丈夫、我的祖父在西安病逝时，她不主张把她的"先夫"迎回故里。她平静地对家人说：在西安找个地方埋了吧。看来她是不愿和他同葬在地下再做他的"第一夫人"的。

当她自己因不治之症，生命处于垂危时，她拒绝饮食达二十八天。享年八十二岁。看来八十二和二十八，奶奶是有过计算的。

2013年6月

亚细亚鸡蛋

一只母鸡飞上窗台，进了"亚细亚"。

亚细亚是一只空置在窗台上的煤油桶。这桶本出自外国一家石油公司，由白铁皮制成，一尺多高，四五十厘米的直径，一面凹陷着以端正楷书书写的"亚细亚"三个汉字。

这桶在村内并不少见，那是小贩卖完煤油后遗弃的，继而变得锈迹斑驳。我少年时，有个叫老拔的卖油小贩，每天黄昏来我们村卖油。我们村子叫笨花村，位于冀中平原。卖油的老拔一手提桶，一手攥几只作为量具用的"提"，蹲在当街的黄土墙根儿，粗声粗气地喊着"打洋油——吔"。我们那里管煤油叫洋油，如同管火柴叫洋火、管蜡烛叫洋蜡一般。卖油人喊出打洋油的顾客，或一提或半提地把油提入顾客的油灯里。如此或一提或半提地往外提，油桶总有个被提空的时候。桶空了就会流散入村人家中作为他用。他们把桶的一头打掉，或盛米盛面，或填入黄泥做自来风炉子。我家把它横置在窗台上，里面铺上洁净、柔软的麦秸，就是供鸡下蛋的窝。

那时并不是所有人家都有灯点，更不是所有人家都点得起煤油灯。我家点煤油灯在村中算是奢侈了。煤油灯戴着玻璃罩子比植物油灯亮许多，晚上点起来能驱散不小的一片黑暗。父亲在灯下教我们念书，《弟子规》《实用国文》……我父亲是位医生，且喜弄文字。油桶上那三个字就是他告诉我们的。他说亚细亚是地球上的一个洲，还说地球共有五个洲，除了亚细亚还有欧罗巴什么的，中国就位于亚细亚。我娘在一旁问我父亲，咱笨花村也在亚细亚洲吧。我父亲幽默，说："看你说得多对吧。笨花村不出中国，就出不了亚细亚。"我娘得到鼓励，就围绕亚细亚问这问那。她问我父亲为什么有人单把这三个字摆治在油桶上。我父亲说："这都是买卖人的机灵之处，显得买卖做得大，山呼海啸，呼风唤雨似的。"还说："城里有个杂货铺叫'大有斋'，其实店里就半缸酱油、半缸醋、几簸箕花椒大料，偏偏虚张声势叫'大有'。你看大有斋的生意就比旁边'德源斋’的强。其实，两家的货物一模一样。德源斋比大有斋还多几捆子粉条呢。”

我娘认识了“亚细亚”三个字，有鸡飞上窗台，钻进油桶，她就在院里喊：“老白进亚细亚啦！”老白是一只长腿、高冠、雍容的母鸡。说也奇怪，只有这种长腿、高冠、雍容、丰腴的母鸡才进亚细亚。那些矮脚、短脖的母鸡，都自愧似的随便找个地方去生产。于是，产于亚细亚的鸡蛋，想当然就格外高贵，也格外被家人看重。

家里养鸡攒鸡蛋，不为吃，只为以物易物，比如鸡蛋能换葱。

鸡蛋换葱的小贩往往黄昏进村，他推一辆小平车，车上摆着水筲粗细的两捆葱，车把上挂个盛鸡蛋的大荆篮，他停住车，一面打捋着车上的葱脖、葱叶，一面拉着长声喊：“鸡蛋换 —— 吾葱。”细分析这本是一个有着古文明气质的吆喝，“吾”不就是“我”吗？也就是说快来以你的鸡蛋换我的葱吧。来换葱的大多是家里顶事的女人，她们把手里的鸡蛋托给卖葱人，卖葱人掂掂分量，将鸡蛋放入荆筐，就去给女人抽葱。一个鸡蛋能换三五根大小不等的葱。女人接过葱却不马上离开，她们还在打葱的主意，有人趁换葱人不备，揪下一两根葱叶，算作白饶。卖葱人一阵推挡,说:"别揪了,这买葱的不容易,卖葱的也不容易。"女人总有机会揪下两根葱叶的,她们嚼着葱叶,心满意足地往家走,满街飘着鲜气的葱味。

我娘来换葱,天已经黑下来,她手里托着亚细亚鸡蛋。在黑暗中亚细亚鸡蛋显得格外鲜亮。她小心翼翼地把鸡蛋交给卖葱人,卖葱人只漫不经心地掂掂分量,放下鸡蛋去抽葱。我娘却也站着不走。她不是打那一根半根葱叶的主意,而是觉得吃了大亏的。她手里并非一般的鸡蛋,那可是亚细亚呀。卖葱人应该经点心把它看重点才是,多给一根半根整葱也不况外。可卖葱人并没有注意这鸡蛋的成色。旁观者也不站出来打个圆场儿。我娘磨不开和卖葱人争执,末了,她总是带着几分遗憾自言自语走回家中,走着说着:"看这人,生是不认这亚细亚。"

我父亲听到了我娘的自言自语,站在院里说:"你那亚细亚只适用于咱家,不适用于社会。"

可遗憾归遗憾,改天我娘去换葱,手里还是托着亚细亚鸡蛋,这像是一种"显示"。她想,卖葱人和乡亲对它总会有所认识的。在黄昏中能显示出自己成色的鸡蛋,不就是我家的亚细亚吗?

就这样,我家积攒着亚细亚,珍惜着亚细亚,亚细亚也滋润着我家。可家人动用亚细亚却是百年不遇：来"戚"（qiě音）了；女人坐月子了；谁生病了……我就时常盼望自己生病，可一直很壮实。只有一次吃过亚细亚鸡蛋——长痄腮，我娘给我煮了一碗挂面，还卧了两个亚细亚。我细心"含化"着它们，觉得病魔正一点点从我身上消失，眼前的世界正明丽可爱。我好了。准是亚细亚鸡蛋化了我的痄腮。

　　我长大了，要离开那个有亚细亚鸡蛋的家，离开那个鸡蛋换葱的黄昏，去做一个"革命者"。临行前我娘为我煮了四个亚细亚鸡蛋，她知道我要在路上走两天，一天吃两个吧。她把它们煮熟，放在一个用羊肚手巾缝制的口袋里，我则小心翼翼地把它们提在手中，生怕因和其他物品为伍而挤碎。我先是走了一天的平原，天黑走到一个叫窦姬的小火车站。我的目的地是刚解放不久的省城保定。那时京汉铁路刚通车，夜里我被安置在一辆拉货用的闷罐车上。车厢就像一间大黑屋子（当时我认为这就是坐火车了），黑屋子摇摇晃晃地走起来，我扶住我的亚细亚开始打盹，一天来我还没有舍得吃它们，我想留到天明，留到省城，在刚解放的省城吃我的亚细亚。哪知天亮我下车后，手里却不见了手巾包，它被我丢在了车上，我奔跑着去寻找，火车早已开出了车站。

在省城，我变成了一个失魂落魄的少年。我失魂落魄得像个醉鬼一样在街上寻找我的单位；在单位我失魂落魄地报了到；在回答领导的问话时，我语无伦次，领导以奇怪的眼光审视着我这位"神智不健全"的少年。这种失魂落魄伴随了我许久，还经常后悔在路上为什么不吃掉亚细亚。

几年后我已是一名文艺工作者，我娘要来省城看我。我猜她会带来亚细亚鸡蛋的。然而我娘来了，亚细亚却没有来。她把几个硕大的雪花梨、几把花生蘸、几串铃铛枣摊放在我宿舍的桌上，开始给我叙述几年来家乡发生的事。她说："你走时村里正闹互助组，现在互助组转成了初级社；后街还开了一个供销社；眼下，干部们正下乡教速成识字，教ㄅ、ㄆ、ㄇ、ㄈ（黑板就挂在老拔卖煤油时的土墙上）。然而鸡不去亚细亚下蛋了。"我问她这是为什么？她说："净敲鼓。鸡们受了惊吓。有人入社了，敲鼓。供销社进了球鞋，敲鼓。教速成识字的进村了，敲鼓。天天敲。你准记得咱笨花村的鼓有多大。"

我当然记得我们村的鼓面有多大，大得像个碾盘。敲起来，窗户纸被震得发颤。

我娘说着，感叹着，摊起两只空手，脸上显出无尽的疑惑，对我似有歉意。

我娘在省城一住几天，她常常静坐一旁嘴里不时自言自语着："生是不去了。"她说的还是鸡不进亚细亚的事。她自言自语着，显得很落寞。我看着落寞的母亲，一下觉得她老了许多。我和她在保定的碎石马路上走着，看省城的风景，她总是落后于我好远，先前母亲走路本是又快又急的。我等着母亲跟上来冷不丁问她："那个亚细亚桶呢？"母亲说："沤了、烂了，没人住的房子还会烂呢。"

是啊，没人住的房子也会烂。

转眼已过了几十年，现在我正坐在被称作大都市的家中的书房，或读书或写字。晚上，窗外高楼林立的窗户亮起来，像满天星斗。霓虹灯表演起来，龙飞凤舞的。我在明亮的台灯下，喝着最时髦的"金骏眉"红茶做自己的事。思绪间断时，就会想起我家的亚细亚鸡蛋和它的命运。这时，心情总有几分凄楚，敲鼓敲得鸡不上窝了。鼓声还击败了那个鸡蛋换葱的黄昏。可转念又想难道你能去责怪那些催人振奋的鼓声吗？岁月要更新，社会要进步；个体农民要进集体；人人都要识字；穿过几千年手缝布鞋的人要穿大工业造就出的机制球鞋，不敲鼓祝贺，那叫什么世道！只可惜人类铭记的往往不是那些只为得催人振奋的鼓声和人在鼓声中兴高采烈的过火表演。你铭记的或许就是一只锈迹斑驳的煤油桶：你看见一只母鸡卧了进去，它卧在洁净的麦秸上，羞涩地、心满意足地涨红着脸。少时，鸡的一个惊喜，也是它给予人类的一个惊喜诞生了，然后再由一双母性的手接过这惊喜，四处去张扬、诉说⋯⋯你还记住了什么？不就是那个总有几分小争执但总体和谐的鸡蛋换葱的黄昏吗？那时满街都飘散着鲜气的葱味。

2011年岁尾于家中

我的从医

我的从医

　　战争年代，有投笔从戎之说，有弃农从军之说，对于一个十几岁少年的从军，凡此形容都不确切，他尚无手握笔杆的历史，也不事农事，但他从戎了。这是十四岁的我，时在1948年，解放战争期间，我是一名卫生兵，所属序列是冀中十一军分区的一个县级后方医院。这类医院分布于冀中各县，它规模小也无固定院址。我院只有院长一人兼内科医师，外科医师一人，中医医师一人，司药一人，调剂一人，卫生员一人，厨师一人。我任职调剂。这是一个不完整的编制，于是，一个人常干起几个人的工作。就我而言，在配置完我的软膏、酊剂，煮完我的脱脂棉后，就顶一个外科医生使唤了。为伤员处理伤口，为男女患者打针，自不必说，有时我还要面对我不该面对的"场景"，比如，近距离去面对一位成年女性的私处（医学称外阴部）。

不该面对的面对

盛夏一日，一位年轻母亲抱着一个血肉模糊的男孩，跑进我院，她自己双腿也被鲜血染红。称孩子在玩弄日本遗留下的手雷时爆炸。此时她正在灶前生火，孩子蹲在一旁。结果孩子被炸掉一只脚，她自己也伤及大腿内侧。于是医生将男孩安置于"手术台"，全院所有人员围过去，准备为男孩施治。为母亲施治的任务就分配于我了。院长呼着我的名字喊："你，你去处理他娘，去耳房。红汞，纱条，双氧水，探针，止血钳……记住了。"他嘱我把必备的药品和器械备齐。我带着一个云雾似的脑袋把任务接受下来。

我们住一所民房，正房为诊室，只木床一张，即为手术台。耳房是堆放杂物的一个小间，房内有一块用青砖支起的门板，板上堆些杂物。

我将女人扶入耳房，推开门板上的杂物，让其仰面躺下，只见她大腿内侧已被血染。那么，处理伤势前首先要把裤子去下，去就是"扒"。扒女人的裤子当是一种在平常不可思议的行为，但我是一名医生。当我将她那条被血染的裤子去下后，该暴露的伤势和不该暴露的私处就一起暴露在眼前。我有些恐惧，像是受了惊吓，我战栗着。我恐惧的不是她的伤势，各种伤势我见过不少，而是那里，是女人的那里。它是那么真实，又使我那么猝不及防，而她那里面对的是一个十四岁的少年。

下面的事是我要努力克服着自己的恐惧为女人探明伤势，按照一位外科医生的方式，为她处理伤口。原来在她大腿内侧有伤口二十几处，所幸未伤及私处。日本的手雷形似甜瓜，表面铸有菱形方块以增加杀伤之力。我先用探针探明每个伤口的深度，那伤口深者已及股骨，浅者也有寸许。我用探针探明碎片的位置，再用钳子将碎片钳出，用双氧水把伤口洗净，塞入红汞、纱条，再用敷料将伤口封死。就这样我在两个小时后完成了一位外科医生所该完成的一切。两个小时女人只是紧闭双眼克服着疼痛，一直无话。当手术完成，她猛然跃下门板，双手紧捂私处向外跑去，她要去找儿子。

当然，母子的一切都得到了合理的处理，也包括了女人的裤子。但我们没有病房，没有条件供他们住院，母亲忍着自己的疼痛背儿子离开医院，之后的日子需来换药。

我为女人换药多次，直到她的多处伤口痊愈。

经过多次不敢面对的面对，我也渐渐少了些恐惧，多了几分冷静和冷静中的心悸。

每当她在接受我的治疗时，只是紧闭双眼，和我似无展开的话题。只在最后一次治疗，我除去她身上的敷料后，她从门板跃下，整理好自己，对我说："臊煞我。只当你什么也没看见吧。行呗?"我说："行。"我整理着手下的器具，头也不敢抬。女人又说："我这也是废话，看就看见吧，你也是个大小伙子了，知道点事了。"

我想，或许我真是个大小伙子了，知道点事了。不然，为什么一次次面对我不该面对的时候，渐渐少了先前的恐惧，多了些无边无际的心绪的悸动，有时还用生理解剖的图例和那里做些对比。

女人还在刻意整理自己的衣衫，一次次刻意把裤腿抻直，面朝我很是站了一会儿，又说："看就看见吧，也是该着的。"她脸上是从未有过的羞涩。

我的缝合术

冬天午夜，有乡人急来医院求助，称有家人被刺，生命垂危。院内外科医师因事在外，院长就叫醒了正在熟睡的我，我接受了任务，骑上院内唯一一辆富士牌自行车，在黑夜中沿一条土路颠簸前进，来到一个离驻地十多里的村子。村人把我领进一个农家，并告我遇害者是该村农会主席。

当地经过"土改"后常有流亡外地的歹人组织回乡报复，该组织称"还乡团"。这位农会主席就是遭了"还乡团"的报复。

我走进遇害人房中，见他平躺在炕上，他的头低垂于炕沿以下，脖子上有明显的刀伤，脖颈差不多已断裂，惨不忍睹，生命已奄奄一息。

处理这种伤口要做临时缝合，有条件后再做正式缝合手术。但我的出诊包里只有一瓶红汞和几块简单的敷料，于是便急中生智向其家人要来做鞋用的针线，下得手去，粗针大线地把切断了的部分连接起来，又信手撕下他的棉被一角扎紧伤口，请家人卸下门板，随我连夜把他抬进医院。天亮时，医师给他做了正式缝合手术。这位主席保住了性命，他伤愈后，歪着脖子对我说："多亏了你的技术强，要不是你这两下子，我早见阎王了。"院长听见他的话说："咱不见阎王，万不得已时咱见的是马克思。"这位主席说："对、对，咱见马克思。"

他没有去见马克思，也许是靠了我的胆大妄为，粗针大线，不是技术的技术。有一个形容词叫"硬着头皮"，还有一种形容称"头发竖起来"，现在想想我在处理当时的场面时，一定是先有头发竖起来，然后是硬着头皮的。

真有猫头鹰

我帮外科医师把一位伤员的腿锯下来，医学上叫高位截肢。处理这条和身体分离之后的腿，当时唯一的方式是抬出去掩埋。这种埋腿（有时是埋胳膊，有时是埋身上的一切零件）的活儿大半要由我完成。

又是一条腿摆在了面前，我先用一片苇席将它包好，天黑时才开始我的埋腿行动。

村外数里有个乱坟岗，我叫来另一位同志，一人一头地把腿扛上肩，手提锨和镐，一路跌撞着来到目的地，开始我们的挖坑埋腿活动。天上下弦月亮发着惨淡的光明，四周安静无比，只有我们挖坑的锨镐声。突然传来一阵鸟的鸣叫，这便是猫头鹰了。

原来，只有猫头鹰的出现才完整了目前的氛围，不然就像一出上演的剧目缺了必要的伴奏。

猫头鹰的叫是瘆人的，它直捣人的灵魂，使你觉得日子的"败兴"，就像真有世界末日。

我听见过这鸟的鸣叫，才相信世间真有猫头鹰，不然还以为猫头鹰只是传说。

2016年10月

发于《长城》2017年第1期

富翁的破产

　　那年我十一岁，受家里人的派遣，要走一百三十里路去看我十六岁的姐姐。两年前她奔赴抗日前线，现在在冀中解放区一个兵工厂制造战争所需的火药。那是二十世纪四十年代，村中墙壁上的标语是"打到南京去，活捉蒋介石""军队向前进，生产长一寸"。

　　天还未亮，母亲就把我从炕上喊下来，让我赶路了。这天她破例为我煮了一个鸡蛋，吃了鸡蛋，又仔细检查了我的上衣口袋，因为那里有我的旅行"经费"。母亲为了我的旅行安全，在我的上衣里边又缝了一个暗袋，还用一个子母扣扣紧，那里有五角钱"边币"①。在此之前我的手还

---

① 边币：晋察冀地区发行的货币简称。

从未摸过任何钱币。而现在我已经是一个五角钱的拥有者，当时五角钱可以买十个馍馍（馒头）的。

那么，我已经是一个富翁了吧。

东方已发白，鸡们从窝中跳出来，公鸡伸出脖子鸣叫着，为我送行，也是为我这个富人祝贺。狗也从窝内窜出，围着我打转，为我的远行助兴。

奶奶从她的房中走了出来，站在屋檐下喊住我说："等等，我再给你添五毛，穷家富路。"我跑过去接过奶奶的赠予，把钱叠好，再藏入我的衣内口袋。那么现在我已是一个拥有一块钱的大富翁了，我趁（chèn）二十个馒头。

我走出家门，和一位本村长者同伴出村上路，他是去看望他儿子的。

我走出村子，走上平坦的没边没沿的冀中平原大地。看到太阳正从东方冉冉升起，我还从未见过太阳爬出地平线的壮观，那是一个磨盘大的红球，就如同我们唱过的一首歌："……白云快飞开，让那红球显出来，变成一个美丽的可爱的世界……"红球显出来，整个初冬的平原变得金灿灿，原来可爱的世界真存在着。再回头看我们的村子，那些土墙屋宇也像涂上一层金。沿途那些蜿蜒在平原上的小道也变成了光明小道。我在这光明小道上奔跑一阵，又在那些深陷的道沟里七上八下地跑，把同行的长者抛在身后，长者在身后夸奖我说："看这孩子欢实劲儿。"我伸手按按我的衣服口袋，心里说，谁让我是个二十个馒头的拥有者呢。

中午时，我们路过一个村子，村子很大，有卖馍馍的。长者对我说，别跑了，过了这村就没有吃食了，买馍馍吧。我也才觉出肚子的饥饿，便伸手从口袋里掏出一张五角大钞，豪爽地站到馍馍车前说：给两个，找四毛。卖者随我的"气势"连忙从车上取出热腾腾的两个馒头，再找回边币四毛。我先把四毛零票卷好，小心翼翼地放回内衣口袋，按好子母扣开始吃起馒头来。

馒头这东西当时在我家也属稀罕，只在麦收过后和过年时才能吃上有限的几顿，而现在我一个十一岁的少年，口袋里有花不尽的钞票，又大口吃着馒头。事后有人问我一生中有过几次上好的心情，我总是把这次的旅行享受排在首位。

两个馒头又给我浑身增添了力气，黄昏时我们已经走完一百里的路程来到一个更大的村子。当晚我们要在这里过夜，明天再走余下的三十里。我拍拍我的口袋预计今晚经济支出大概不会再是一毛两毛，我常听人说，人在旅途是要住店的。长者把我领进一个阔大的院子，原来这不是旅店，是姐姐所在的兵工厂设在这里的接待站。站内有吃有喝，有供你睡觉的大炕。我们在院内就着刚刚升起的月亮吃了又稠又糯的小米粥和拌着丰富香油的老咸菜。原来这一切都是免费的。

晚上我和衣躺在炕上，摁紧自己的口袋，口袋里的钱仍然是九毛。我心满意足地做起在天上飞的梦。

早晨我们又吃了和昨晚差不多的饭食，走上那剩余的三十里的路来到姐姐所在的兵工厂。这是一个更大的村子，村中矗立着许多高大的烟筒和工棚。姐姐从一个大工棚里走出来，穿着灰色的棉制服，但制服上散漫着许多大小不一的破洞，豆大的、枣大的，棉絮从里面飞溅出来。她意外地看我站在面前，眼里泛着泪花，问了我一路的旅行过程，说一年多不见，我的个子已经高过了她。

许多年后当我问到这位中国兵工工业的先驱者的姐姐，当时她身上那些破洞是怎么形成的，她说那是一种做火药的酸性原料飞溅到身上所致。

我和姐姐相处三天，口袋里的九毛钱不仅分文未动，分别时她还再赠我两毛，我的"库存"竟变成了一块一。在回家的路上买馒头又花去一毛，口袋里仍然是边币一块，我仍然是一个有二十个馒头的富人。

返回家中后，大人问及我沿途的消费，我如实告诉家人我的有限支出和姐姐的赠予。于是我撩开上衣决定结束富翁身份，把口袋里的一块钱全部交给家里。奶奶走过来说："留下吧，大人一样了。"母亲也说，说不定哪天还要出门。于是我又保留了富人身份。我把一块钱叠好包入一个纸包，放入我的一个木匣子里，那里有我过年时未放完的鞭炮和我喜欢的一切所有。

正如母亲所说，一年多后，果然我又要出门，将奔赴一所专学政治的大学，做一名投奔革命的学子。一块钱的边币仍然是我的固定资产。再说学员已有每月六毛钱的津贴，我的固定资产无需动用，在众多学员中我仍然是一名富翁。

我整日胸怀一块钱边币，坐在院内的月季花中或听报告或参加讨论，过着从内到外再充实不过的生活。谁知就在这时一件意想不到的事情发生了：国家发行了新币种"人民币"。新币的发行意味着边币的停用。一时间街上所有店铺都贴出禁收边币的广告，于是一夜间我变成了一个穷人。

晚上，我无休止地在地铺上辗转反侧。白天，我不管

不顾地低迷消沉。别人早已发现我不再是往日那个欢实的少年，但无人得知我那二十个馒头的不翼而飞。

我想一个破产人不论大小，其失魂落魄、无奈、败兴、沮丧、伤心、悔不当初……一切一切的形容词都可以用于自己一身。

后来的日子对于我，天空不再蓝，月季花不再香。我做过富翁，我破过产。

那一块钱的边币，我曾作为纪念保存许久，"文革"时因为生活的颠沛流离而失掉，至今我还清楚地记得它那粗糙的纸面和图案，以及我叠压在上面的皱褶。

2018年3月于杭州

发于《当代人》2018年

我的旅行和姑姑的晚餐

假如旅行没有里程长短的概念，从一个村子到另一个村子也算的话，那么我的旅行始于童年。

如果人的旅行是为了远离自己的那些司空见惯，去接近领略另一些新鲜，那么旅行就不再有远近之分。

我独自走上了旅行之路，到距我们村子十里之外的另一个村子，那里有我姑姑一家。

我沿着村中的街道向东走，走出村口，来到一个苇塘边，塘中有水，两边长着茂密的芦苇，水中有青蛙在鸣叫，几个孩子光着身子潜在水中，在做扦蛤蟆的游戏。我们管青蛙叫蛤蟆。他们在一根竹竿顶端绑一支铁扦子，自己在水中掌握着竹竿的漂浮游动，待发现有青蛙浮出水面时，便猛刺过去，青蛙被铁扦穿透，然后被孩子甩出苇塘，他们就在水中嚷着："看，三道经。""乌眉。""癞家伙。"村东的孩子离苇塘近，熟悉青蛙的品种，我家在村的另一边，那里没有苇塘，我们就不识水性和青蛙的品种。这对于我就是离家后的新鲜了。

走过苇塘，便进入一个深深的土道沟，去姑姑的村子要沿着这条道沟走，道沟足有一"房"多深，我们那里论物体的高或深都以"房"为计量单位。一房大约三米，或许四米。我在一房多深的道沟行走，两侧是坚硬的黄土峭壁，峭壁常年被雨水冲刷，显出许多怪异的凹凸，面对这些凹凸，你就会展开许多想象，这想象又会联系起那些久远的故事和传说。我们的村子本是个千年古村，不叫村，不叫庄，单叫个奇怪的"头"——停住头。据说是东汉时王莽将刘秀追赶至此，刘秀在此停住，躲藏而得名，我猜刘秀就是沿着这条黄土沟逃出村子的。深深的道沟便于他的躲藏。现在我就是沿着东汉皇帝刘秀经过的路线走，我已进入了那个洪荒的远古年代。

刘秀躲过王莽的追赶，继续上马沿这条道沟前行，偏偏他的马不作美，这马是匹牝马，马已怀孕要生产，刘秀必须在此换马，啊，前面的村子就叫换马店。刘秀唯恐马再怀孕误事，就喝令那马从此不得再有身孕，于是那马遵循刘秀的旨意就变成了骡子，骡子至今不会生产。就此刘秀已显出了帝王相，话语已显出金口玉言之态势。

过了换马店，有条河叫洨河，洨河看起来很宽，但地图上没有。上课时有同学问老师为什么地图上有长江有黄河没有洨河。老师说，这是倍数决定的。洨河和长江、黄河相比较，长江像根大梁，洨河就像一根针；黄河像棵大树，洨河就是一棵小草。现在我站在洨河边上看洨河，还是觉得它宽大无比，现在宽大的河床内没有水，只丛生着杂草。我走上河堤，来到一座桥头，这是一座由青砖砌成的三孔桥，青砖被白灰勾缝连接着，只在桥面铺设着红石板。现在桥头已残破，我踩着残破的桥头向上走，一位在桥下放羊的老汉朝我喊："小孩，河里又没水，还用得着上桥，费那事干什么，看累得呼哧呼哧。"

也许跟"刘秀"走了一路的我，一定是显出累相，我朝老汉看看，继续上桥，我喜欢这座桥，它像一座植物博物馆，讲自然的老师在讲到一种稀有植物时说："到洨河桥上找找吧，或许就有。"在这座已被荒废的桥上，沟沟坎坎生长着数不尽的植物，棵状的蔓状的、宽叶窄叶的、有花无花的。其中有不上档次的羊角蔓、婆婆丁、马莲、蒺藜、猪耳朵、米布袋、老鸹喝喜酒。也有上档次可入药的野生地、麦冬和百合。累累坠坠的野枸杞更显珍贵，我坐在桥面，嚼着野枸杞，吃着米布袋，再吸几朵老鸹喝喜酒，尽情享受着大自然给予的宽厚。这一切都是因了我的旅行。

放羊老汉在桥下朝我喊："来串亲戚的吧？"我答应着："啊。"

"去谁家？"老汉问。"彩云家。"我说。"好家主，亏待不了你。"老汉说。

彩云是姑姑的女儿，我表姐，大我两岁，现在我九岁她十一岁。我离家远走旅行，为了看姑姑也为了和彩云姐见面。

我跑下桥走进姑姑的村子，来到姑姑的家中。

姑姑家在村中算是富裕之家，有青砖墁地的院子，住室厨房分布有序，还有一个种植蔬菜瓜果的园子。

我站在院中朝一个屋子喊姑姑，姑姑在屋内听出了我的声音就说："这是老铁来了。"我的小名叫老铁。她从屋里走出来迈下几步台阶，手里还拿着一本正在读的什么书。姑姑早年上过县城的简易师范，也是五四新文化运动时剪辫子、放脚的带头人。她一向干净整洁，是长得精细的那种女性，假若人的面相有精细和粗糙之分的话。这样一位精细整洁的知识女性，本来应成为一位职业女性的，但她还是按着当时的乡规家规嫁到这村，嫁给了一位半是农民半是医生的姑父，但他们夫妻的恩爱是远近闻名的。

姑姑放下手中的书，洁净的脸上绽放着无尽的笑容，她一面用手整理着自己稍显纷乱的头发，一面把老家的老人和姐妹问了个遍，然后就朝着房上喊彩云，原来彩云姐正在房上做着什么事，见我站在院中，便顺着一棵树溜下来。不知为什么，彩云姐最爱蹬梯爬高，男孩一般。现在她不顾我和姑姑说话，拉上我就向外跑，我知道我们的去处是她家的园子。

姑姑家的园子毗连住宅，有人样高的土墙围住，彩云姐带我入园向来都是翻墙而过，现在她先蹲于地下让我踩住她的双肩，把我送过墙去，她自己再飞檐走壁似的翻过墙来。

我们的村子本是个少瓜果蔬菜的世界，但姑姑家的园子却种植着许多奇菜异果。就蔬菜而言，莴苣、根达、豆角、小葱、韭菜、芫荽、水茄子、洋茄子，应有尽有。黄瓜、甜瓜、菜瓜、南瓜、北瓜、冬瓜随季节而种，而果树上，也随季节常是果实满枝。现在正值夏季，桃杏已过季，只有桑树上的桑葚正应时。我和彩云姐在园中调查盘桓一阵，吃完莴苣卷小葱，彩云姐就上树摘桑葚，她把熟透的桑葚摘下装入自己的衣服口袋，不顾桑葚的汁液对衣服的浸染，从树上溜下，我们就着园中一个麦秸垛坐下来，嚼着桑葚说"家常"。我们的嘴都被桑葚染成紫色，不知为什么，我倒喜欢彩云姐嘴唇是紫的，这和她的性格很般配。

彩云姐说："咱俩玩吧。"我说："这不正在玩。"

彩云姐说："玩点好玩的。"

我知道她说的好玩是怎么回事，她愿意和我玩"结婚"，我从来不喜欢她这个提议，但有时还得附和着，不然她还会带我来园子吃桑葚、吃莴苣卷小葱吗？

我说："你说吧。"她说："你娶我吧。"我说："怎么娶？没有车没有轿。"她说："你背我吧，不是有背媳妇的吗？"我说："我背不动，你那么高。"她说："当女婿的还能背不动媳妇。"

彩云姐说着话早把一束大坂花做了一个花环，戴在头上，扭捏着一副新媳妇样。

说实在，我不喜欢彩云姐这样的人做媳妇，即使我长大了真娶也不会娶彩云姐这样的女人，我心中自有媳妇的标准。每逢在村里看人结婚，我常拿别人的媳妇做研究，我的媳妇应该是这样的不是那样的。而像彩云姐这样的女人早已被我排除在外。

现在彩云姐站着对我说："快背啊，围着麦秸垛转一圈就到了家，那边有咱俩的炕。"我站起来，彩云姐热乎乎地扑在我背上，我背不起她，她就半背半就地两脚拖地促我向前走。我走到麦秸垛另一边，那边有铺散的麦秸，便是彩云姐说的炕了。她先从我背上跳下，往炕上一躺，闭着眼对我说："快来上炕吧，恁媳妇正等着你哩。"

我只站在一旁不动。彩云姐很等了我一阵，看我是一个不可造就的女婿，也就打消了做媳妇的念头。她坐起来扔掉头上的花环，拍拍沾在身上的麦秸秆，自言自语说："看我这命，摊上这么个傻女婿。"

"婚姻"不如意的我，心里却有另外的期盼，我要去向姑姑告别，和姑姑告别时，自然有比结婚更吸引我的内容。

我和彩云姐从园中翻墙出来，一路无话，来到姑姑家中，果然我的期盼没有落空，姑姑正在厨房务厨，为我烹制一顿待客式的晚餐。姑姑见我回来，从厨房迎出，参着两只沾着白面的手说："天快黑了，还有十来里路呢。饭也快凉了，快来坐下吃吧。"我想都因为彩云姐闹结婚耽误了时间。

我来到姑姑的厨房内，只见一顿晚餐在饭桌上已摆放停当。这是一顿由姑姑亲手和面擀制的面条搭配而成的丰盛晚餐：在一只待客用的细瓷金边大碗中，容纳着一碗排列有序的洁白面条，面条上面摆放着几片方方正正的、肥瘦相间的腊肉和几片黝黑的木耳。碗的另一边还有支棱着的碧绿的芫荽菜码。大碗一旁还有一盘黄瓜萝卜相间的细丝。我低下头吃面，姑姑在一旁会心地绽着笑容盼我多吃。显然姑姑给我的是贵客中的贵客待遇了。

接受过姑姑给予我的款待，彩云姐还是要送我还家的。我们在洨河边上告别，她没有计较我在婚姻事件中对她的冷淡，说："想来还来吧。咱不玩结婚了，玩别的。"说时她眼中浸着泪花，现在我只觉得很是对不住她，想说句表示歉意的话，但什么也没说出。

我独自一人走过洨河，回头看看，彩云姐还站在河堤上朝我张望。

现在当旅行已成为我生命中不可缺少的一部分时，我在地球的两边飞来飞去，见识了人类造就出的各种奇迹。过后再做回忆时却觉得旅途中的一切总是模糊轻淡，新鲜也会变成司空见惯。唯独早年时，这村到那村的旅行却永远清晰深沉。那时的新鲜直到永远。

2013年于瑞士因特拉肯布里恩茨湖畔

我的两位老师

柳老师

柳老师叫柳野青，一个文雅潇洒有别于乡人的名字，一副白净的面孔更有别于种庄稼的乡人。柳老师是全科老师，但教学侧重于他的特长，他长于美术，我把我的美术启蒙老师冠之于柳老师之名，当时我在他指导下练就的功夫是画菊花和领袖像。

柳老师有一盒多色蜡笔，以铁皮盒包装，盒上印有日本文字，据他说那是一盒战利品，是一位八路军战士送他的。那位战士从一个战死的日本士兵身上得到。

柳老师把一幅他画就的菊花示范画悬于讲台上，让学生用铅笔或毛笔以"双钩法"临摹，当他发现哪位同学的临摹可继续造就时，就会把他的蜡笔"献出"，让你着色。能得到柳老师蜡笔者却无几人，而我每次都能得到此待遇。我用蜡笔在勾好的黑白稿中着颜色，柳老师举着我的作业给大家看，说我画得好，好就好在有层次。

后来我画菊花变成了"雕虫小技"，画领袖头像才见"真功夫"。那时解放区盛行的是那张毛主席戴八角帽半侧面的头像。柳老师教我画像先从眼睛开始，再向外扩展，最后是帽子和衣服。我常做柳老师的下手，也背会了柳老师作画的套路，竟具备了代老师作画的本领，常答应着各公共场所的"订件"。

解放了，柳老师在县城民众教育馆任职，我去看他，见馆内墙上有张列宁举手讲话的油画印刷品，柳老师指着这画问我："见过这种画吗?"我自然没见过，他说这叫油画，苏联人画的，尚不熟悉这形式，等以后我当了画家给他解释吧。那时我已有学美术的意向。

几年后，我真学了美术，也了解了油画的一些知识，并得知那张画是苏联画家格拉西莫夫的作品，探家时便告诉柳老师。他说："我知道你将来的造诣比我深，画菊花时我就看出了，就你能画出层次。"

我学美术，常记起柳老师说的"层次"两个字，层次在造型艺术中指的或许不仅是层次，它是一张作品的秩序感吧，秩序感完整着一张作品。

武老师

武老师叫武志波。他不长美术，却长戏剧，他毕业于冀中解放区一所著名中学，那里至今仍是一所名校，当时它的毕业生常以高级知识分子自居。1946年春天有位身背行李的高个子男士在村口问我，村里的学校在哪里，我告诉他学校的地址，他注意地看了看我向学校走去，这便是刚分配入村的武老师。之后我以三年级资格入校，受他的教育两年之久，其中有喜有悲。

那时的我在村里同龄人中一直神气活现，抗战时，就任过儿童团长，后来入武老师的学校后自然又"官复原职"，成为武老师身边不可缺少的"有志之士"。有志之士是武老师对我的希望，但好日子不长，土改运动开始，我家在村中属富户，家庭状况便有所改变，那么我的"官位"也即将动摇。武老师借我和另一位"学生领袖"之间的矛盾，把我"双开"。被"废"之后的我经历了种种苦难和尴尬，哪知又有了转机，武老师要展示他的戏剧才能，需要招贤纳士，他又想到了我。

武老师要排一出古装京剧《打渔杀家》，他要我演萧恩。

我被同学引进学校，武老师看看经过颠沛流离的我，没有提过去的一切，只说："好好演吧。"

我好好演起来。

排练时，他先讲了剧情，便教我"清唱"，他亲自操琴，教我唱那段"昨夜晚吃酒醉和衣而卧，架上鸡惊醒了梦里南柯。二贤弟在河下相劝于我，他劝我把打鱼事一旦丢却。我本当不打鱼闭门闲坐，却只为家贫穷无计奈何……"

武老师教完问我："谁是你的二贤弟？"我自然不知，他说是混江龙李俊和卷毛虎倪荣。你还有个闺女叫桂英……于是，我和女儿桂英，二贤弟李俊和倪荣，每天被武老师"拉扯"着排练。直到武老师满意为止。

《打渔杀家》要演出，但没有行头，武老师便找来各种土布，自己剪裁缝制，模仿着各类人物的穿戴制成"戏衣"。这出戏演出后，我们又排演了《白毛女》。武老师因材分配角色，桂英就演了喜儿，李俊就演黄世仁，倪荣演穆仁智，我自然演杨白劳。演出时，武老师从县剧团借来汽灯幕布，我们四处演出，到哪村都有好吃好喝，我们跟武老师出尽了风头，武老师也兴奋地情不自禁地说："该出风头了就得出个大风头。"他在当地也成了能人和名人。

后来我和武老师一别十几年，我回家再去看他时，他已当了"右派"，那时他正任职县教育部门，大约他刚从一个什么地方劳动改造回来，见我站在他面前，�着一双粗糙多茧而从前曾是灵活柔韧会操琴的手，疑惑地问我是谁，我告诉他我是谁，他说："不敢认了，不敢认了。"

　　我们坐在院中一棵树下，说了一些无法连贯的话题，告别时他对我说："记住，少出风头，出大风头要倒大霉。"我便又想起武老师带我们出过的那些风头。

2015年12月

吹牛伴你成长

那时我们都是吹牛者，那时我们都已长过十岁，因了青春对于我们的挑拨，我们不能不吹牛。

吹牛者凑在谁家一个空屋子里，就地垒一个大池子，池子里铺上厚厚的茅草，各自从家里抱来各自的被窝，能盛三个人的池子最好挤五个人六个人。这大半是冬天，黑夜降临早，月亮升起来。吹牛者摸黑挤进池子，缩在温柔的茅草里，好像温柔的茅草最能引人吹牛。

吹什么，先从狗的热恋、牛的情致、驴马的真实开始，直到对于人……男人和女人，又以女人为主。

谁都不相信谁，谁都愿听命于自己的那些不相信，谁都把不相信当真实听。

有人称自己看到过女人的这个、那个，这样、那样。

在哪儿，在磨道里，谁都知道，磨道是个最出故事的地方。说，还有一次有个女人"叫他"，他就要和她这样那样了，偏偏没有这样那样。在哪儿，在大庄稼地里，大庄稼地里也不乏故事。

我们专爱议论一个叫雁的闺女。雁和我们是同学。

有人说，雁让他"看"过。有人问，看见了？有人答，看见了。又有人问，什么样？答者大人似的，过来人似的，说，顶没看头。

雁家在村里开饭馆，雁穿着新鲜，人也鲜气，在闺女群里很是出众。于是雁让谁看，谁便是高人一头的。那位"没看头"论者，就在高人一头之列了。

关于对雁的一轮议论能持续好久。最后有人收尾说，他和雁是同桌，早就在桌斗里交换过"物件"（信物），要看，哪轮得着别人呀。显然同桌的"他"离雁最近的理论占了上风，一阵沉默。信不信的吧。

总有新的开始。

有人问，谁知道新媳妇和新女婿头天晚上怎么开那个头？

有人问，开哪个头？

有人说，你说开哪个头？傻小子，反正不是碾米磨面的事，也不是喝酒吃肉的事。开那件事的头。

于是便有了争论。有人说，这样开头，有人说那样开头。也有人说，怎么开头并不重要，要紧的是开头以后的事。

关于开头以后的事，分歧会很大，因为它包括的内容神秘莫测，足可以让我们海阔天空地去联想。总会出来"权威"的。他就把开头后的"程序""规则"以及结果，明白无误地"图解"给大家。于是今天的胜利者终于有了人选。因为他的新嫂子有过"规则"和"程序"。他是有位新嫂子。新嫂子本身就能引起大家在情致上的一阵波澜。

以下若再有新课题，便不再引人入胜了。新嫂子是一出"压轴戏"。

我们睡得很香，天亮了，大家从茅草窝里坐起来，互相看看，就觉出昨天晚上原来是一个最虚假、最无聊的晚上。谁信谁呀，包括恁那位新嫂子的故事。你要去窥测了解你新嫂子，你哥哥不把你摔死。

总还有黑夜，总还有我们那个铺着茅草的大池子，新一轮的人物和故事还会如期登场。

后来，你长大成人，一切都真实地与你同在时，你倒觉得你那个荒唐的吹牛岁月，反倒更耐人寻味流连。你成长了，那是因为你吹过牛。吹牛伴你成长。

2012年12月

我见过伊沢洋

今年春天我在中国美术馆，举办我的"阳春三月——铁扬艺术展"，日本友人、作家、艺术评论家窪岛诚一郎先生专程从日本来北京参加画展开幕式和研讨会。窪岛先生发言风趣，说："人在看画展时，想偷走哪张画，哪张画就是好画。铁扬的许多画我都想偷走。"窪岛先生的发言带着无比的友好和真诚，也活跃了研讨会的气氛。

两天后我们在他下榻的华侨大厦话别。当然谈到他在日本的事业，而他的事业又联系他所经营的别开生面的"无言馆"。几年前我在日本办画展时，曾两次到他的馆内参观，并写下了一篇散文，但散文始终没有寄出发表。这次窪岛先生来北京，我把散文给他看，请他先在日本发表，窪岛先生说，让它在中、日两国同时见读者吧。我说好吧，我投了稿。

在离开日本的两天前，我从东京再次来到信州。一是为了向老朋友窪岛诚一郎先生告别，另一个目的是再次到窪岛先生主持的无言馆参观。

窪岛先生是日本著名作家、艺术评论家，且是无言馆馆主。

信州是日本长野县上田市一带的古称。而无言馆是窪岛先生主持的一个美术馆。这里收藏陈列着"二战"时日本一些受过美术教育，之后战死在亚洲战场的学生的画作。除展壁上陈列着他们的美术作品外，展柜里还陈列着不少他们的遗物和遗文。当年为搜集这些战殁学生的作品和遗物，窪岛先生花费了八年的时间，足迹遍及全日本，其辛劳可想而知。

无言馆突立在一座不高的小山上，是一座朴实无华的灰色建筑。右面是著名的前山寺，左面毗邻广阔的千曲川洼地。信州的11月正是枫叶殷红、银杏叶子黄得沁人肺腑的季节，且多小雨。现在，四周的风景更为这座小小的美术馆增添了几分色彩浓郁的肃穆。

作为一名中国画家，在日本的十几天中，我两次来到这里，并不是为研究关注哪位青年的佳作。我是为了馆中那几双朝我注视的眼睛而来。也许是生于1916年、死于

1942年的伊泽洋，也许是生于1912年、死于1939年的田中角治郎，或者还有一个叫日安高典的青年……他们的目光已经被凝固在一张张发黄的旧照片上。其中伊泽洋的目光尤其引我在馆中流连忘返，那目光一次次和我做着"无言"的交流。我之所以能和他的目光做交流，是因为那目光实在没有战争中人失去理智的狰狞，没有因了屠杀而神经兮兮的自鸣得意。那目光中却有几分安静中的平和和几分处世的怯弱，也许还有几分希冀中的抱负，这一切又带着明显的稚气。我熟悉这目光，这种熟悉不是始于窪岛先生的无言馆，而是始于二十世纪四十年代的中国。那时我尚是一个几岁的孩子，连少年都不到。

1942年是中国抗日战争最残酷的年份。受日本军国主义的指使，日本军人在我的家乡冀中平原，正发动着被称作"五一扫荡"的军事行动。日军所到之处尽是一片不忍目睹的凄惨。这年的正月十五凌晨，日军包围了我们的村子。在四面的枪声中我家院子里已拥进了十几个日军。有翻译官命令我的家人走出屋子在院里一排站定。接着翻译官便按名单念出我父亲的名字，显然这次的"鬼子进村"，我父亲便是他们搜捕的对象之一。我父亲——一位当地知名爱国人士，当时他正以各种形式参加着抵抗运动。当家人回答出我父亲并不在家时，一双手便揪住了我的粗布棉袄。这双手差不多是把我从家人中提出来的。然后他们命令我面墙站定，便有铁器顶住了我的脊梁，这是三八大盖枪的枪口。

长大后我懂得了"人质"一词。这时搜捕对象不在，一个几岁的男子做人质是再合适不过的，因为我的家中当时就我一个男人。我的几位父辈和兄长早已投身于抗日前线。

我面朝墙壁等待着，等待着他们对我这个人质的发落。这时，日军四散开来，屋内便响起搜索声，随后一股火烟也从一间屋子里升腾起来。浓烟和火舌弥漫了院子，房子已被点着。他们也终于有了发落我的最好办法，便是把我扔进大火，这再简单不过。我被倒剪着胳膊提起来，浓烟把我裹住，火舌已经舔到了我的脸。我开始呼叫，希望能躲过这一灭顶之灾。我挣扎着向身后看去，眼前尽是狰狞的目光。不知为什么，只有一人的目光特别，那目光分明有几分安静、几分平和、几分怯弱，或许还有几分同情，它正飘浮在人后。他本人也踌躇着，似乎不愿向前帮助他的同伙把我推向大火……正在千钧一发之际，街上一个什么声音吸引了正要把我扔向火中的日军。他们竟放开我提枪向外跑去，这时后面那双目光向我移动过来，他踌躇片刻，一步跨到我身边，悄声对我说："开路。"我迟疑着看他，他又向我的脊背猛击一掌说："开路。"并向墙外一指。说完才大踏步追他的弟兄去了。出门时又回头朝我看了一眼，还是那种目光：平和、安静、怯弱。我懂日本人说的"开路"便是让我走开的意思。他是让我尽快离开这里，免得他的弟兄再回来继续对我的发落。于是我撒开了腿，像只野猫顺着一棵树爬上房顶，跳过院墙，逃向冬日寂寥的田野。当这伙人再次进入我家寻找我这个人质时，我已不在家中了。

六十多年过去了，我不时忆起那双不与他的同伙为伍的目光和他告诉我的"开路"。现在我在窪岛先生的无言馆里才突然醒悟，那不就是属于伊沢洋吗？我相信一位热爱艺术的青年是会有这种目光的。具有这种目光的人是不忍心把一个孩子推向大火的。当我看到伊沢洋所画的全家人肖像时，更使我坚定了信念：一个五口人的家庭，围坐在小餐桌前喝茶读报，灯光是那么温暖，一家人的脸是一个赛一个的平和可亲。而伊沢洋自己正站在家人身后完成他的这幅《家庭》欢乐图。这样的家庭需要战争吗？这样的家庭懂得杀戮吗？只有在这个家庭中生活过的人才会向一个面临灭顶之灾的孩子说声"开路"。在无言馆我还注意到伊沢洋的油画箱，遗留在调色板上的颜色排列有序，刚用过的画箱被擦拭得明亮可鉴 —— 伊沢洋，一个热爱家庭、热爱艺术、对生活充满情趣的青年。

但我也读到过一位日军侵华老兵的回忆录，他谈到当兵来中国后，首先要练习杀人。他也被迫用活人做过练习。当他举刀练习时，眼睛开始是闭起来的，后来习惯了这举动眼睛便睁开了。我想，那闭起来的眼睛，便是伊沢洋式的眼睛吧。睁开时便是另一个人了。我不知道后来的伊沢洋君有没有把刀举起，睁开眼睛的时候，一个受军国主义驱使的军人，也许终归要忘记自己对艺术的情谊和对那个温暖家庭的眷恋，变得不再是自己了。但我愿伊沢洋的目光永远是凝固在照片上那副目光。

还是六十年前，我再次遇到过这双眼睛。那是1942年的酷夏，在我的家乡冀中赵州城的柏林寺内。两天前在县城东南的一个村子，日军和抗日军队打了一场遭遇战，战斗进行得十分惨烈。双方的伤亡在这县均属空前。战斗结束后，我目睹了什么叫血流成河：在一个敌我双方拼过刺刀的村口，鲜血灌满了村口的车道沟。那时战死的日军已被横七竖八地装上卡车运回了县城。按惯例，战死的日军都要火化，然后将骨灰运回日本。我们县城的古刹柏林寺就是日军的火化场。火化时战死者的尸体被安放在一张铁床上。活着的军士专折下该寺内宋、元年代的古柏树枝做燃料。被点燃的柏树枝在铁床下冒起浓烟，燃起烈火，烟味和肢体燃烧后的气味会传到几华里之外。当地人把此举称作"炀洋兵"。每逢这时便有人围住柏林寺的断墙观看，日军已顾不上墙外围观的人群。那次战役后，柏林寺内自然又要点起烈火"炀洋兵"了。我和两个伙伴，是闻见气味冒着危险前来观看的。我一眼就盯住了一具被摆放在铁床上的尸体，他一只胳膊低垂至地面，头歪在床边，没有闭合的眼睛正好转向我这边。一瞬间我又看到了那双熟悉的眼睛，那目光分明又在和我做着交流。现在那目光里除了平和、怯弱，又增添了无尽的痛苦。它似乎在对我说：你看到了吧，现在被烧的是我，而不是你，我是一个侵略者。我双手扶住柏林寺低矮的断墙，心揪得很紧。我跑开了，一口气跑回家中。那天寺院中陈列着许多张铁床，烟冒得格外浓烈。我跑着，烟在我身后铺散……

离开无言馆时，天又下起细雨，站在馆前向山下看去，红叶在细雨中飘落了许多，地上更殷红了。我用彩色铅笔画下一张速写，雨不时滴在本子上。在细雨中我总听到一个声音：你看到了吧，现在燃烧的不是你，而是我。那声音像来自山那边我的国度，又像来自身后窪岛先生的无言馆。

　　回国后，我仔细翻阅窪岛先生赠我的无言馆画册。研究着伊沢洋的从军经历。原来伊沢洋没有在我家乡驻扎参战的历史。但我却固执地相信，那是窪岛先生在整理战殁学生生平资料时的疏忽。他本是来过我的家乡的。我见过伊沢洋。

2005年初稿

2011年再改

家庭　油画

游吟诗人

点豆记

枣树长出了新芽，该种棉花了，也该点豆了。

对于播种这件事，笨花村人于一切庄稼都说"种"，唯独对豆要说"点"。点是劳作的一种形象，点是劳作的一个规模，点是劳作的一种态势。

幼年时，我喜欢点豆。那时我姥爷常住我家。姥爷是我家点豆的倡导人、主持人。姥爷领导着我去点豆。

还在枣树发芽前，姥爷就把挑好的豆种盛在一个升子里——满满一升。只待点时他才喊出我，说："老铁，走。"

在我的记忆里，姥爷好像终生就说两句话，这是他的第一句。平时他只劳作和抽烟。他抽一种叫"积成"牌的旱烟，嘴里常叼一杆短烟袋，即使在点豆时，就像他总也腾不出嘴同你说话一样。

姥爷叫出我，其实我早已看见姥爷拣出的豆种，等待姥爷对我的呼叫了。姥爷的呼叫带着几分兴奋，也带着几分号召力。他把满满一升豆种交给我端，自己扛一杆锄，领先走出家门，短烟袋冒出的青烟包裹着他。他的背显得很驼。

　　我们点的豆不成地块，不成垄，单点在浇地的垄沟边上。让潮湿的垄沟培育豆的成长。这实在应该叫科学种田了。

　　枣芽发，这是一个万物复苏的季节，垄沟里已经有清水流过，垄沟边的细土已变得温柔而细腻。

　　我跟姥爷来到垄沟边，姥爷拄住他扛着的锄，从嘴里抽出短烟袋说："来。"这是他要说的第二句话了，说完又把短烟袋叼住，开始刨坑。现在姥爷是个刨坑人。刨坑人要倒着走，向后倒退一步，朝着沟边斜下一锄，锄下就会形成一个碗大的斜坑。坑敞开了，我就把三五粒豆种点进去，姥爷再下一锄把敞开的坑推平，拍实。一坑的"点"便结束。如此再退一步，再下一锄，由我再点。这实在是一种规律极强的劳作游戏，有着莫名的愉快。若远看，我和姥爷一定像一对老少的对舞。漫长的垄沟由我们去"舞"。

　　我和姥爷"舞"完一条垄沟，再舞一条，直到盛豆种

2014.6月

111

的升子变空。姥爷停下来，看看我手中的空升子，对我似有一种发自内心的赞美。他是在赞美我和他动作配合的默契和对于"豆"和"坑"计算的合理吧：没有让豆剩下，也没有让坑空下。他会心地朝我笑笑，点上他叼了半天的空烟袋。

大约七天以后吧，我迎着春风敞着怀，跑着去查看我点下的豆。豆在温柔的泥土中发了芽，它们一窝窝地把土顶开，一垄沟的新芽朝着我。

我对于豆们发芽后的成长乃至被收获，好像并不在意，盼只盼明年再点。

2011 年

赶鸟记

赶鸟就是捉鸟。

有位叫老攀的长辈赶鸟。我管老攀叫老三爷，是曾祖辈。老三爷的儿子叫栓，是我的爷辈，其实才大我五岁。

我们说的鸟不是家雀（麻雀），是鸟中的珍禽。每年小麦拔节、油菜开花时有珍禽鸟从我们这里飞过，它们自北向南，栖息于油菜、麦地休整觅食。老三爷最懂鸟的习性，这是一位严肃、不苟言笑的老人。据说他年轻时曾在北京一个王府当过差，有一条龙头扣带为证。还乡后的老三爷日子过得虽然和他的腰中扣带不相称。但他爱鸟，或许这是从那个王府染上的习性。

鸟来了，老三爷便扣上他的扣带，把早已修补好的鸟网搭在肩上，目不斜视地走出家门，十岁多的栓爷跟在身后。

老三爷身材高大，栓爷身材却矮小，一前一后走起来，像小说中的堂吉诃德和桑科。我跟紧栓爷去看他们父子赶鸟。老三爷是不欢迎我的，他一面走一面斜视着我，那眼光冷峻，他正提醒我：你若知趣，还是早点离去为好。栓爷好脾气，用各种方式暗示我——只管跟着走，没事。果然老三爷不再注意我，他最注意的还是鸟群。当鸟群从明澄的天空中俯冲下来潜入田地时，老三爷便停住脚步，瞄准它们的行踪就近下网，他不动声色地先绕到鸟的前面，把网的一头交给栓爷，自己拉住另一头，爷俩将网兜紧挂好，然后迂回到鸟们的身后，信马由缰地去"赶"鸟。

对于鸟的轰赶是赶鸟的关键所在：你要轰着鸟们向着网跟前走，又不能把鸟们轰赶起来惊走。这时的老三爷就会迈着轻盈带着试探性的脚步"没事人"似的顺着一根地垄向前走，又不时把手里的细碎土块一点一滴地向前扔。每走一步还发出一声轻轻的咳嗽。鸟们受着身后这种不痛不痒的惊动，一面寻找吃食，一面向前欢跳着游走，然而它们正走向一个危险的陷阱。当它们欢跳着走到网下时，老三爷便不失时机地连喊带跳地将鸟轰起，就在它们起飞时，就不知不觉地中了埋伏，挂上网。老三爷几步走到网前，提起挂着鸟的网，一只只地开始分析它们的成色。他先把那些无足轻重的"麻鹨""小渣子"放生，只把那些颈下挂红的靛颏收入早已备好的笼中。如果能网住一只肚皮红透的"串红"，收获就更不一般了，据说一只串红可以换一头牛。有一种浑身黄透的玉鸟也很受老三爷的重视。

我也壮着胆跑到老三爷的网前捡下他不屑一顾的"俗鸟"。他不管这些，只看中他的收获。这时他或许还向我道一声："白闹，养不活。"原来这些外来的旅行者，再不上档次，也要吃活食，不似常年和我同居屋檐下的家雀，在院里捡个饽饽渣、粮食粒也能活得自在。

果然，这些不上档次的俗鸟，不几天就不吃不喝地死在笼中。而老三爷的珍奇，都活蹦乱跳，我不知道它们是怎样得到老三爷的活食的，更不知那些活食的来源和形成，这是老三爷赶鸟、养鸟的一大秘密。我们只见这些吃活食的家伙，在老三爷的鸟笼中娇生惯养地鸣叫，鸟们的鸣叫也为半个村子增添着无尽的情致。

我养不活鸟，仍愿跟着一脸严肃相的老三爷一步一咳嗽地在春天的原野中漫游。

2012 年 12 月

捉老包

老包老包出门来，

出门给你个红裙来，

老包老包上山来，

上山给你个红砖来。

春天柳树发了芽，我跟姐姐去捉老包。

老包是一种虫子，黑豆大，生性绵软，全身洁净，发着温柔的暗光。它们潜藏在春天解冻后细软的黄土中，柳树下最多。

我们捉老包给鸡吃，据说鸡吃了老包会下双黄蛋。我对鸡下双黄蛋的印象模糊，留下印象的还是捉老包。

十来岁的姐姐穿一件深红色花棉袄，摇着一头齐耳的

短发，站在院里喊我："走哇，日头快落了！"她喊出七岁的我。

日头下山是一个捉老包的好时间，那时四周光线柔和、朦胧，也是老包出"门"的时候，它们出门干什么，至今我不清楚，只知这时它们要出门。

姐姐手拿一个事先备好的小瓶子，朝位于村西的柳树坑走，我的一位邻居姑姑也跟上来，她们肩并肩在前头走。

姑姑看看姐姐手里的小瓶问："盛雪花膏的瓶子吧?"

姐姐说："是俺嫂的。"

姐姐又问姑姑："恁那是个什么瓶?"

姑姑说："是个洋沤子瓶。从俺姨家拿的。"

雪花膏、洋沤子都是女人的擦脸护肤用品，瓶子都是由透明或不透明的玻璃制成，两寸左右高，直上直下。上面都贴着两个穿旗袍女人的贴纸商标，标明是"双姊妹"牌，一些注重保养自己容貌的女人都用它，瓶子空了，就被孩子们拿去捉老包。用这种瓶子捉老包就更为这活动增加了几分情致。春天了，野外鹅黄的柳枝在迎风摆动，树下，几位穿着半新棉袄的女孩子手里捧着"双姊妹"的化妆瓶，在树下游弋……至今每当我回忆起这一情境，仍然认为那是人生经历过的最美时刻之一。

我跟姐姐和姑姑来到位于村西口的柳树坑边,我上树为她们折下柳枝,一根筷子长的柳枝便是捉老包的唯一工具。我们手拿柳枝蹲跪在柔软的细土上,一面用柳棍掘着眼前的细土一面吟诵着:老包老包出门来,出门给你个红裙来,老包老包上山来,上山给你个红砖来。真有老包听了这诉说,破土而出的。我们小心翼翼地把它们捏起来,放入瓶中。有时故意让老包在手心里爬行,它就会迈着温柔的脚步在手心里游走一阵,姐姐问老包:"你那红裙呢,怎么不穿?"姑姑说:"你要那红砖干什么,盖房哟?你会哟?"然后她们故意把耳朵凑向老包,听老包的回答,有人真像听见老包的回答似的说:说话啦,说话啦。

天黑下来,每个人的小瓶已经装满,该回家了。

回到家中,原来鸡已上窝,老包们总要在瓶中住一夜的。它们互相挤压着、挣扎着,很不适应瓶中的生活。虽然有时髦的穿旗袍的双姊妹为伴。

早晨了,鸡被放出窝来,喂鸡吃老包的却不是捉老包的人,而是家中的大人。捉老包的人不忍心看老包被吃。昨天他们还许给老包红裙、红砖呢。他们实在不忍心看大人们是怎样把瓶中的老包倒出来,瓶中的老包又是怎样躲避着这不可躲过的灾难。而鸡们又是怎样不管不顾地以温柔的老包为食的。我们只顾捧着贴着"双姊妹"商标的小瓶再去许给老包们"红裙"和"红砖"。

2012年冬天

引火者

　　在很长一段时间里，国人把火柴叫"洋火"。洋火大约和洋油、洋蜡、洋胰子、洋戏（唱机）这些洋货进入中国的时间差不多。那时"洋"字时兴，连袁世凯发行的无孔货币也叫"洋钱"。我国古代圆形货币本是有孔的。由于洋火的工艺简单，又可就地取材，国人很快就把这门手艺学到了手，于是洋火在民间也随之流行起来。

　　然而并非所有村人都能买得起这种由小木棍蘸着一星半点药面儿的洋火，待到他们弄火做饭时，就要到邻里家里去"引火"。引火者一律为年轻女人。黄昏时，只见引火的女人手持一把挺实的谷草，一溜小跑到邻里家去引火。早已用洋火生起火的邻里，都会善待这些引火人。他们赶忙把来人手中的谷草接过来，对着灶膛把谷草引着，来不及作任何寒暄，引火人就会不失时机地举火向外跑去。于是在黄昏笼罩的街道上，这些留着披肩发或绾着髻的女人、衣着整洁或不整洁的女人，她们歪着身子的奔跑、扑着身子的奔跑，就成了村中的一道风景线。她们这种忘乎所以不顾自己形象的奔跑，只为尽快把火引进自己家中，燃起自己家的灶膛。

引火者以黄昏为最多，因为再困难的人家也要重视一下晚饭的。

假若舞蹈都起源于劳动过程的话，这引火者的跑动已经是舞蹈了，这是一种有大美所在的舞蹈，这美就在于她们的奔跑是忘我的，不存在任何造作的。即使有许多男人正盯着她们的奔跑，她们也会旁若无人的。于是造作和俗媚就不属于她们。假若，有一位新鲜的媳妇举火跑过，那更是看热闹男人的眼福了。

童年时，我就愿意站在街头看黄昏中的引火者。现在想想，那实在就是当今所谓的"街舞"了。这街舞是舞，也是诗。是一个村子的诗情画意。

2012 年冬天

投芝麻

　　农人对于庄稼、蔬菜、果木的收获形式有许多不同的称谓。称谓中带着劳动的态势和过程：割谷子、摘棉花、掰棒子（玉米）、刨山药、起白菜、扦高粱、拔萝卜、打枣、卸梨以及南方的采茶。唯独对于收获芝麻的形容奇特——投芝麻。

　　对于"投"字，我查字典研究它和收获芝麻的逻辑关系，字典对于"投"字的解释是："向一个目标扔"，还有"找上去"等。从解释中难以看出它和收获芝麻的直接关系。若深究，原来芝麻的收获和"投"确实有言之不尽的妙趣。弄清芝麻的收获，必须先了解芝麻的种植。

　　我们的家乡种芝麻，不单种，要"带"种在棉花地里，所谓"带"芝麻。带种的形式也最简单。谷雨前后棉花种子下地时，抓两把芝麻粒掺和在棉花种子里就可以了。等到棉花发芽时，芝麻的幼苗也会显出来。但"带"毕竟是个捎带，芝麻的发芽数只不过是棉花的几百分之一。然后这两种高矮有别的作物，各不相干地生长起来，到头来芝麻就会长过棉花，青青的芝麻秸秆在棉花秧苗以上，独树一帜地先是开花，后是结籽。嫩白的芝麻籽就生长在一个个"梭"子里。芝麻的梭子约寸许长，筷子粗，酷似一个小小的织布梭。芝麻成熟后，这梭子就会裂开将芝麻粒弹出。所以对芝麻的收获要早于梭子的裂开。实际这时收获的只是青中带黄的芝麻秸秆。这里还没有"投"的概念。青黄的秸秆被砍下，要捆成和水桶一般粗细的"个子"，扛回家中上房暴晒。成捆的芝麻摆上房，就像一排相互依偎站立的人。

经过暴晒的芝麻秸，梭子一个个裂开了，要"投"了。

上房投芝麻者，大多是家中的女人。我家的"投手"永远是我的母亲。投芝麻时，具有一双半大脚的母亲，就会一手提个棒槌，一手扶住梯子上房。在房上她先把一块地盘扫净，就去搬运那些成捆的芝麻秸秆，然后再小心翼翼地把它们头朝下、根朝上地反转过来，开始用棒槌在秸秆上用力敲打。棒槌"找"上秸秆，这就应了字典的解释，向一个目标扔："找上去。"扔和投有时可作同一解释的。棒槌在秸秆上用力敲打，干燥的芝麻秸就会一同"唱"起来，它们一面歌唱，一面把成熟的果实哗哗吐出。芝麻粒飘落着，很快就会将一小块空地糊满。母亲看看手中的秸秆已成空洞，就再搬，再"投"。不多一会儿，芝麻粒在母亲手下已成堆，她就把所有投过的秸秆再竖起靠紧，等待几天后再投。芝麻总要投上三五遍的。

我愿意看母亲投芝麻，这虽然需要她付出力气，但她投得认真、快乐，不似她干别的家务，脸上总带出几分疲惫。我趁快乐中的母亲不备，爬向芝麻堆，信手抓起一把芝麻粒，用舌头舔着吃，母亲假装看不见，对我吃芝麻十分纵容。

我愿意看母亲投芝麻，也愿意听芝麻的歌唱，在空灵的天空下，这歌唱会传遍一个村子，或许哪家屋顶上也会有芝麻的歌唱和起来。

母亲投了芝麻，我家就有了芝麻，每年总能收获两三斗吧。两三斗可不是个小数，它珍贵，不似谷子、高粱那么普通。芝麻的珍贵就珍贵在它可换香油，也是女人坐月子时的补品。芝麻的用途就这两项吧，但是月子中的女人吃芝麻可以不受限制，家人吃香油可要计算。

换香油的来了，敲一面小铜锣，叮叮、叮叮……他敲出了换香油的母亲，母亲一手托升子，一手拿油罐。升子里的芝麻只有少半升，油罐就茶碗大。而少半升芝麻换来的香油才能糊住罐底，仅此而已。在以后或十天或半月里，家人吃香油只能做这半升芝麻一个罐底的文章。那个黑色的油罐里有个小勺，扣子大，小勺由母亲掌握，香油要往菜中或汤中一滴滴地滴。我们端碗吃菜、喝汤，只能意识到，碗里是放了香油的。

我又想到那个关于芝麻的"投"字，觉得那实在是一个豪迈的举动，待到食用以芝麻换来的香油时，其中就藏着无尽的计算了，豪迈和计算是一个鲜明的对比，也是完整的统一。豪迈的"投"，是为了把芝麻粒干干净净地敲出来。它珍贵。吃时的计算也是因了它的珍贵。

我清楚地记得母亲在"投"时的豪迈气概，如同她在滴香油时的计算同样可敬。

2012年冬天

待布

在我们那个再平常不过甚至处处充满土气的小村，却流行着许多文雅的言辞。这些文雅的言辞，都明显联系着古汉语的特征，比如，把"哭"称作"啼乎"，把"攀比"和"说讪"称作"攀也"。尤其把"蹲下"称作"股低"，就更耐人寻味。大人让孩子下蹲时说："股低、股低。"大人蹲着劳作，说"股低"着干。"股"在字典中解释是大腿，那么股低，就是让你的大腿低下来，也便是蹲了。

待布的"待"字，更是妙不可言。待布是形容女人织布的过程，它和织又有着严格的区别。织只能代表棉线在织机上经线和纬线的结合过程。待却不然，它代表的是布形成的全过程，包括线在上机前的种种泡制和缠绕，直到最后的"掏杼""递缯"。

"待"在字典里的解释是：对待。又举例说：优待；以礼相待。看来乡人对于棉花的成布选择了"待"，实在是一个智慧而巧妙的选择，这其中已不再只为了形容一种劳作的过程和态势，也包含了人对于棉花和布的尊敬和善待。从古至今在人类与大自然和谐相处的过程中，早就发现了"布"对于人类造就一个文明社会的重要。人类直到有布（织物）遮体时，才和其他动物有了根本的区别。于是人类尊重着布，对于布的形成也就要表示出无比的尊重。也许在诸多对于劳作过程的表述中，再没有像"待"字更文雅、更虔诚的表述了。

童年时，家中每年都要待布。春天了，枣树发了芽，杏树开过花，女人脱下厚重的棉衣，手脚也不再因寒冷而收缩，就要待布了。她们把一冬天纺出的棉线按照待布的规则程序，拐绕、拉扯、泡制，而掏杼、递缯是上机前的最后一关。女人把"杼"和"缯"横架在椅背上，两人以它们相隔坐下来，把一根根浆过的棉线传递过去。这是一桩细活儿，一幅布总有几百根线头要传递吧。我家传递棉线的人是我母亲和我嫂子。她们熟练地摆弄着手中的棉线，说着和棉线无关的话，说谁家的女人怀孕只吃了几把小酸枣，说谁家的新媳妇的陪送少了脸盆架，说今年梁上的燕子来得晚……

棉线上机了，织布的是我母亲，于是在一间空阔的屋子里，就会传出织机声。此时，或许一只母鸡正在窗台上一个容器里下蛋，几只马蜂正在门楣上造窝，枣树放花了，满院子都甜丝丝的。梁上的燕子也终于回巢了……织机声永远是悠扬的，于是日子活了，家庭可爱了。一切都是因了那个"待"字吧。人类善待着布也善待着日子，日子和布也善待着人。

2012年冬天

请喝酒

那时，过年要杀猪。猪的好肉是主人家的正式"大菜"，而猪的上水、下水是客人喝酒的酒菜。谁来喝酒、吃菜？是三十晚上被请的本家和近邻。这些来喝酒的本家和近邻，要由主人去请。这天下午主人就要按照预先制定出的名单，挨家去请。出面的主人不分老少，他们只需走进客人家门，站在当院或朝着糊纸的窗户，或朝着挂着门帘的门吆喝一声"请喝酒哩！"就可。而后再到另一家重复。

这是家乡过三十请喝酒的老传统、老形式，你不需自报家门，对这一声吆喝更不需缀加任何多余的客套表达，只需这一句直奔主题的有几分生硬的表白。然而被请者是明白无误的，谁都不会责怪这家主人的出言生硬，谁都会按时来赴会。

晚上，酒席大都摆在一间空闲屋子里。届时，主人早已把那些由猪的上水、下水做成的酒菜置入一个个粗瓷菜碟，摊摆于桌上。由于闲屋子寒冷，这些猪肝、猪肺、猪心、猪腰子早就被冻出了冰碴儿，而猪耳朵早就被冻得如筷子般坚硬，只有猪皮冻正应时。客人围坐下来，主人把散酒倒入酒壶，替客人筛酒加热，客人自酌自饮开始谈天说地，说今年街上的灯不如往年亮；说太平洋上美国的军舰挨了日本人的炸；说谁家的孩子长疖腮回不去了……人们吃着菜，喝着酒，谁也注意不到菜的冷热、酒的好坏。客人赴宴只是为了主人那一声吆喝。

我常觉得这种邀请的过程太生硬、简单，然而又常觉出那一声直奔主题的吆喝和几碟子猪的上水、下水协调得实在是恰到好处。过多的寒暄，就显出桌上的分量轻了。一句简单的吆喝是照应了内容的，这便是主人的"暄"。

2011年

千户鸡

　　乡人听到有人喊"千户鸡"，就知道是收买活鸡的人来了。谁都不知道收活鸡为什么要喊"千户鸡"。这往往使人想到古时的封侯制度，某某皇亲国戚或大臣被封为"千户侯"或"万户侯"。然而收鸡人是卑微的，他喊"千户鸡"的内涵只说明着谁家的鸡我都要吧。

　　喊着千户鸡的收鸡者，肩扛一个大罩网，被卖家招呼进家，卖家再把将要卖出的鸡指给收鸡人。收鸡人便开始了对鸡的追逐，鸡深知自己命运的不测，失惊搭怪地乱飞乱窜，鸡终逃不过收鸡人的网罗，不知何时那张井口样大的罩网突然从空中拍将下来，将鸡罩住，收鸡人便从网内掏出鸡，随手将鸡的翅膀拧个"麻花"，不需捆绑，那鸡便倒在地上动弹不得。

我童年时，村中有位"千户鸡"者。叫小米儿，高个子，长脖子，喉结格外突出，但他是村中秧歌戏班的演员，专演青衣和花旦。在台上唱出的调门使人想到他喊千户鸡时的调门，而当他在街里游走着喊千户鸡时，又使人想到他在台上唱戏的调门。他的声音偏向"公鸭嗓儿"，但声音绝对高亢悠扬，传得远，在台上张口一唱，几里之外就知道这是小米儿。

小米儿唱戏，声音高亢悠扬，但做派生硬，加之，行头一律是粗布做成，水袖打着"挺儿"。但凭着声音，小米儿还是成了一方的"名伶"。他常出演的剧目有《劝九红》《安安送米》和《窦娥冤》。其中尤其拿手的是《窦娥冤》。待到窦娥被押出来问斩时，哭腔唱得惊天地泣鬼神。

后来抗战了，有人告小米儿有汉奸嫌疑。说他绕街串户喊千户鸡时，也在调查着抗日形势的蛛丝马迹，做着"敌特"工作。抗日政府锄奸科，就把他押到村外就地枪毙了。小米儿被毙时，突然亮起嗓子大喊起冤枉，那喊声像喊"千户鸡"，又像戏台上的窦娥在喊冤，但他还是被崩在离村不远的一条土路上，少了半个头。

对于小米儿的死，乡人说法不一，有说毙得好；有说小米儿通敌无疑，但"事不大"。以至于村中戏班唱戏时，乡人总会怀念起小米儿。觉得现实的"窦娥"，远不及小米儿。

弄艺术的人难得被人认可。一旦被认可就成了他人难以替代的自然。

2011 年

劁猪匠转悠

转悠又来了，吆喝的声音很尖锐，吆喝里说明着他的职业 —— 劁猪。

劁，字典里有解释：阉割。

养猪人家买了猪，不论牙（公）猪、母猪都要劁，这是一道手术，劁过的猪失去了性欲，变得安生，生命中只剩下三件事：吃饭、睡觉、排泄。身上的肉生长得又快又嫩。

转悠来了，吆喝一阵，总有人把他叫到家中，那些正在童年的猪，看见转悠，就像知道此人冲自己而来，也知道自己将要面临的苦难，便在院里疯跑起来。转悠终会追上来的。他追上猪，把猪摁在地上，用脚踩住猪的后腿，猪便尖叫起来。叫得凄厉，叫得瘆人。转悠不管这些，他从腰间的皮囊里飞快地抽出一把劁猪刀。那刀有一拃长，一头为锋利的扁铲，一头是个纤细的铁钩。如果转悠的脚下是头牙猪，他就会左手攥住猪的睾丸，右手持刀朝着那睾丸猛刺一刀，左手用力一挤，两个血淋淋的睾丸被挤出。他再下一刀，睾丸被割下，他就势把那两个鲜红的蚕豆大小的器件朝着远处一扔，再从皮囊里抽出大针和麻线，朝着睾丸穿刺两下，把麻线系紧，手术完成。转悠松开脚，猪从地下挣扎起来，拼命向远处跑去。跑着还回头看看转悠，好像在说，这是为什么呀。猪并不知道这是它性别的结束。从此变成了一头无性别的猪。

转悠手下若是一头母猪。他的劁猪刀便指向了猪的肚子，刀朝着猪的肚子猛刺下去，再把刀反转过来。将那个纤细的钩子伸进刀口，只一钩一拉，一小团血淋淋的器物被钩出来，像一团小鱼的五脏。那是母猪的卵巢。对于这团小小的脏器，转悠钩得准确、钩得利索。然后便是对母猪肚子的缝合。他几针下去，系紧麻线，手术完成。

转悠不是本村人，和本村养猪人已是老熟人。熟人和熟人开着玩笑，村人问转悠，你四十多岁的人还没结婚，都是劁猪之过。转悠只笑而不答。他笑着，把沾着猪血的手在裤腿上擦擦，就去接养猪人给他的酬金。

一年之间被转悠劁过的猪飞快地长着肉。年节到了，猪被杀了。养猪人家吃着无性别的肥猪肉，春天时再买猪，再请转悠。

　　弄艺术的人讲原型或原汁原味。猪一旦被阉割，是不是就失去了原汁原味，也就不再是原型？没经过阉割的猪呢？

2010年岁首大寒

游吟诗人

边走边唱或者边走边"吟"触景生情的人,大概就是游吟诗人了。

我们村里有位符合这称呼的人,叫胖子。胖子有着先天的生理缺陷——脑瘫一类吧。他一只胳膊像一条长歪了的丝瓜,永远弯曲在肚前。一条似是而非的腿,跟着一条还算正常的腿,走起来东倒西歪。半边红肿的胖脸垂下来(胖子大约就是因此得名),嘴里连绵不断的口水时常从下巴上淌过。但他会唱、会吟,他吟的是《圣经》,唱的是圣诗。这《圣经》的文字和圣诗都是由县城的基督教会传来。胖子不做礼拜,但他比那些常做礼拜的教徒,了解得还要多。胖子唱诗发着水灵灵的颤音,唱得高亢动听,尤其在我们那块平坦而寂寥的旷野上,声音就更加悠扬。

胖子从远处走过来，肩上斜挎一个荆条大筐，一个能用的手抓住长把的铁齿粪叉——他是个拾粪的。他四处游走，等候收敛牲口的排泄物。那时我家有牲口，两头牲口拖着两挂水车，从春至秋把甘凉的井水拖出，把大片的土地浇湿浇透。于是盯住这两头牲口的排泄就成了胖子的专职。

胖子唱着圣诗朝我家井台走来，他唱道：

　　万有主宰可怜世上人

　　差遣爱子下天庭

　　降生犹太国卧在马槽里

　　他的爱心从此显明……

歌声离井台越来越近。胖子来到井边，他先盯住一个井台看看，再去盯另一个井台，当他发现两处井台尚是空洞无物时，胖子便显出些悲伤：他的头明显地软歪在一旁，眼里便有泪花外溢，口水也汹涌起来。悲伤是胖子常有的表情，但他自有化解悲伤的办法，便是祈祷。胖子的祈祷是虔诚的，他是要席地而跪的。现在他把肩上的筐、手中的叉放置一旁，面朝井台"咕咚"倒地歪跪

下来，闭起双眼开始祈祷。他默诵着祷词声音时高时低，若近前细听还能听见他断断续续的言语和时断时续的阿门阿门。

胖子的祈祷总要被意外打断的，那是一群孩子的光临（有时我也在其中）。孩子们蹑手蹑脚地走近正在闭眼祈祷的胖子，有人先偷走他的荆条大筐，又有人扛走他的粪叉，或许还有人信手揪下一个碗大盆大的瓜叶，替胖子顶在头上。胖子总会从祈祷中醒来的，当他发现他的筐和他的叉都不在身边时，脸上先是显出不可抑制的愤怒，眉毛竖起来，脖子上的青筋暴起来，很快这愤怒又会化作莫大的悲痛，他开始失声痛哭了。孩子们也许等的就是这一时刻，他们开始满足地朝着鼻涕一把泪一把的胖子拍手叫好。所幸胖子的祈祷和哭声真像感动了上帝一样，他才有了悲痛之后的收获——牲口排泄了。一匹牲口停住脚步叉开后腿便有拳头大的球状物从腿间滚降下来，在地上堆成一堆。胖子的发现是及时的，他迅速止住自己的愤怒和悲痛前去收敛。但时下他手上尚无工具，工具还被孩子们控制，他便匍匐着爬向井台，用一条可用的胳膊和一只可用的手，把一堆排泄物搂向自己。巧合的是那边的一匹牲口也早已止住自己的脚步开始为胖子做贡献了，胖子心领神会地从地上爬起，跌撞着又向另一个井台奔去。

牲口的贡献，胖子的行动，会感动恶作剧的孩子的。
我就愿意带头把胖子的筐和叉还给他。胖子不记前仇，他
将自己的收获敛入筐内，高兴地朝我们吟诵起来：

　　　小子们啊

　　　我的心必靠耶和华快乐

　　　靠他的救恩高兴

　　　我的骨头都要说

　　　耶和华啊谁能相信

　　　救护困苦人脱离那比他强壮的

胖子吟完还告诉我们这文字出自《圣经》诗篇中第
三十章第九节。

我们站在一旁静听胖子的吟诵，显出无比安生，还有
几分莫名的失落。

两匹牲口的排泄物将胖子的荆筐装满，他要回家了，
他满足着自己，走得很是东倒西歪，他一路走着一路吟着：
哀恸的人有福了，因为他们必得安慰。接着又有胖子的歌
声传过来：

大平安

是永安

良夜喜讯报人间

今日还是报好消息

一直传到地极天边

何等恩爱无限

何等恩爱无限

……

2012年春节初稿

惊蛰再改

晒太阳

　　一位目睹者对我说，二十世纪四十年代日本占领县城时，县城东大寺后面有块开阔地，常有四位日本娘儿们在那儿晒太阳。那是四位日本随军妓女。她们的晒并非一般的晒：撩起和服盖住脸，裸露着下体，晒的是那个地方。偶有人过往，她们也不在意，她们只相信太阳中的紫外线对身体的作用。

　　目睹者说，他常驻足观看，四个人四个样。有一次一个日本娘儿们冲他喊："小孩，来吧。"他跑了。那时他十岁。

2013 年 2 月

卖花生

卖花生的是位老者，黄昏后过来，车上点一盏"花籽油"灯，喊："谁称几两长……果。"

花生叫长生果，老者喊时，模糊了"生"字。他声音很低，现在想来，像西洋歌剧里的男中音唱咏叹调。他车上有两种花生：一种是正常的大花生，鼓着滚圆的"肚子"；旁边还有一堆赖花生，叫"秕子"，秕子对应着饱满。

秕子便宜，没吃头，关照的是小孩的购买力。

2013 年 2 月

卖洋布

逢集日，在诸多生意人群里，卖洋布的最显文明。他们穿长衫，把尺子斜插在脖后的衣领里，袖口平挽在手腕以上，对手下的布匹撕扯得麻利，带出职业特点。他们用规范的语言介绍着新到的品牌，"海昌蓝""阴丹士林"。阴丹士林和海昌蓝是两种蓝布，颜色倾向有别。逢到他们介绍哔叽时，两只手猛拽一块布头，噔噔响着，说明哔叽比平布厚实。哔叽是斜纹。

有当村闺女暗恋上卖洋布的二人私奔的故事，此前这闺女曾接受过卖布的一块花哔叽。

2013 年 2 月

馍馍车

馍馍是馒头，卖馍馍的推一辆小平车，车上摆个几尺长的大笸箩，馍馍就码在笸箩里，像长城上的垛口。垛口里扣一大碗，大碗底儿上点着硫黄，馒头要靠硫黄熏白。垛口再用白布盖严。

卖馍馍者不喊，而是吹羊角。一只公羊的弯曲羊角被削去角尖，卖馍馍人鼓起腮帮呜呜地吹。

馍馍有四个头和六个头之分，四个头的是方形，一斤是四个；六个头的是圆形，一斤是六个。能码成垛口的是四个头的馍馍。

2013年2月

故乡三神

故乡三神

神鞭

一位远门爷爷叫老早，老早爷会调教牲口，调教犟牲口。谁家买了犟牲口不事调教，就去请老早爷。

老早爷身材不高，且有驼背，一个肩膀低于另一个肩膀，走路也显出跛脚。牲口主人来请老早，说明来意，老早爷只说一声"走"，便见他歪着肩膀跛着脚来到犟牲口面前。牲口好像已意识到要受老早的管教一样，便格外表演它们的倔强，时而后脚站起抬起前蹄，时而龇牙咧嘴朝天鸣叫。老早爷朝它们发出要安生的号令，它们也自是不管，这时老早爷早已握住了备下的鞭子，然后将鞭子抡圆朝着牲口的一个什么地方猛抽下去，鞭子发出清脆的响声。奇迹发生了，犟牲口咕咚一声跪于地下，细看时眼睛中还淌着泪花，围观者拍手惊叹起来。老早爷身后总要跟些围观者的。

事后有人问老早爷对牲口使了什么法术，老早爷说："是穴位上的事，人有穴位，牲口也有，一样。"

我常看见人体穴位图，黑点和连线密密麻麻，表示着穴位的位置和名称。但西医科的解剖学里并无穴位之说，而中医科针灸学里，扎的就是穴位。"穴"有多大，米粒？黄豆？核桃？这又是一个谜。

不管"穴"有多大，老早爷击中的确是穴位，不然犟牲口为什么会跪下掉泪。

神医

那年我十一岁，不幸染上疟疾，久治不愈，用遍中西医各种良方：奎宁、槟榔……均无效果。乡人常见我蜡黄着脸，拖着疲惫的腿脚于街中。

有远门奶奶叫曾子，她会给临盆女人接生，用土法治病。我们称她为曾子奶。

曾子奶常叼一杆半长不短的烟袋，立于门前。她服饰整洁，头发用棉籽油抿过，乌黑发亮。一天她见我就说："过来吧，我给你治治，好好个孩子看可怜的。"我踌躇着走过去，跟曾子奶走入她家中去接受她的施治。这时，她先从一个什么地方够出一个甜瓜大的小瓷罐，从中倒出几粒种子模样的东西，再就着案板将其捣碎，然后拿起一根做针线的钢针，在我脖后猛刺数针，又把捣碎的东西敷上，用膏药贴住，拍拍我的背说："走吧孩子，你好了。"

我好了，真好了，疟疾对我的缠磨真的消失了。

曾子奶并不隐瞒自己的手艺，她对我的家人说："七粒白胡椒，扎七针，就这点事，不难。"原来曾子奶从罐中倒出的是白胡椒。

曾子奶是个寡妇，先前的丈夫叫黄鼬。黄鼬为八路军送信带路，职务叫"交通"。有一次日本人来抓他，他钻入自家的地窖，被日本人点火熏死在地窖中。曾子奶为人豁达，事后并没有为此而痛不欲生把自己毁掉，只说："谁让他叫黄鼬，应了验。"

原来家乡有熏黄鼬之举，黄鼬也叫黄鼠狼。冬天黄鼠狼便钻入田野之洞穴中，乡人在洞口点火，将其熏死，掘出取其皮毛。三九天黄鼠狼的皮毛最珍贵，国画家用的紫毫毛笔就是黄鼠狼尾巴上的毛。

也许黄鼬爷走后，曾子奶为排遣寂寞才研究医术的吧，她常说："送走一个黄鼬，我又迎来多少新人哪。"她说的是，亲手从母亲体中接出的新生命。我不也是在她手下起死回生的吗？村中死于疟疾的儿童、少年并不少见。

神梦

老三奶奶是位虔诚的基督教徒，三句话不离"主"："主说过""主的意思""听主的吧"……

她体形干瘦，但嗓音洪亮，能唱上百首诗歌，唱时歌声能冲上云霄，传遍我们那个三百户人家的村子："万有主宰可怜世上人……""只有一位真神就是我救主……"

一次我从省城所在单位请假回家，乘三小时火车，一小时汽车，步行六里到村口，见老三奶奶正坐于村口的柳树下，我走上去问："老三奶奶，你等人啊？"老三奶奶说："等人，等你。"我说："你知道我今天回来。"老三奶奶说："知道，托梦了。"

"谁给你托的梦？"

"主。"

"主托的梦?"

"主差遣天使,天使夹着两个白翅膀,呼扇呼扇说,三儿今天回来。你看准不准。"

我小名叫三儿。

又过了一年,我又请假回家,又见老三奶奶坐于村口柳树下,我便直截了当问:"老三奶奶,又托梦了?"老三奶奶说:"又托梦了,这次主差遣的是先知,先知也是一身白,对着我的耳朵说,你应到村西柳树下等三儿,他必将到来。你看灵验不灵验。"

对于主托梦给老三奶奶之事,我曾抱怀疑态度,但一切又显得那么真实,因为我每次回乡,事先没有任何信息传于村中。

又过了两年,我请假回家,柳树下没有了老三奶奶,我早得知她已卧床不起。我到她家中去看她,刚走进院门,就听见老三奶奶在屋内喊(她的声音依然洪亮):"是三儿吧?你看灵验不灵验,主又递说我了。"

正是夏天,我见老三奶奶用被单裹着精瘦的身体,紧闭双眼,重复着刚才的话:"你看灵验不灵验,主又差先知递说我,他必将到来。"

2016年10月

155

背片儿

片儿是一种卡片，片儿上一面有图，一面有《圣经》短句曰"金句"。图和句并无联系，比如金句为：凡称呼我主啊主啊的人，不能都进天国，唯独遵行我天父意志的人才能进去。这金句出自《马太福音》。另一面的图画或为《西斯廷圣母》。

外籍牧师在村中设主日学校，逢礼拜牧师骑自行车来村中授课，授课形式即为背片儿。课间牧师让学生依次背诵上次的金句，背熟者牧师再赐一张新片儿，若不熟则不得之。

主日学校内年龄、性别参差，但多为儿童和少年。

每逢牧师骑车入村，便有村人站路旁，发出些对宗教大不敬的言语，诸如："耶稣教外国料，骑不得马，坐不得轿。"牧师却坦然对之，还是下车，向村人彬彬有礼地说着："乡亲好，大家好。"路旁村人便疾散之。有人还会觉出羞惭。

牧师进村主课常着西服系领带，学生们在背完金句后，便研究起牧师的领带是怎样系在脖子上的。牧师离去后，大家还在研究争论此物，有学生解下自己的裤带，绕在脖子上做实验，多不成款，有学生就说："想上吊吗，你?"

我曾背片儿，并从中得到过好处，很早就知道片儿上有达·芬奇和安格尔，待我正式学艺后，才恍然大悟，达·芬奇和安格尔都是大师。

2015年12月

受洗

家乡基督教会的礼拜堂是一处土坯建筑，堂内讲台下有齐胸深的水池，平时水池由木板遮盖，池中无水。有外籍牧师在上布道，一架柜式风琴也置于板上，由牧师的太太（被称师娘者）弹奏。只在受洗日时木板被揭开，露出板下的水池，于是清水便从墙外流入池中。原来水池有洞连接墙外水井，此时有一长老摇辘轳将井水一筲筲灌入堂内水池，树叶和杂草一起流进来，长老再执筛子将杂草捞出，池水变清。

洗礼开始，受洗者在下处将自己内外衣脱净，穿件白布长衫，由教友搀扶，鱼贯进入堂中，再鱼贯入水，水齐腰胸，但浸礼是要全身入水的。于是入水者便蹲下使水没颈没头，师娘的风琴奏起来，庄严的诗歌唱起来。一队湿

漉漉的白袍人出池后再向下处走去，女人们捋着精湿的头发，身体的起伏凸现着，衣服夹带着水淌湿地面。

这天院中会支一大锅，有专人操厨，做会餐。现在锅中炖菜正热，笼屉上的米面馍也早已下屉。待受洗者更衣之后，会餐开始。所有教徒蹲于院中树荫下开始进餐。

一女信徒蹲于受洗者身旁问："水凉呗?"受洗者答曰："心里有主，莫非还怕个凉。"

2015 年 12 月

赶饭担者

　　赶饭担者是一种职业，他瞄准的是哪一家的饭担。种田人家的劳动者，终日劳作于田中，便有家人挑起饭担将饭食送至田中。就像歌剧《兄妹开荒》中唱的："送饭，送饭，走呀么走一遭。"还有"一头是枣干粮，一头是热米汤"什么的。饭担的一头或许就有枣干粮，或许是贴饼子馏山药，而另一头的热米汤总是有的。

　　家人将饭担挑于田中，劳动者停下手中的活计，守住饭担蹲下来，于是赶饭担者就会不失时机地、不声不响地出现在眼前。用不声不响形容赶饭担者再合适不过。这时，他会默默地蹲在你眼前，不言索要，不言饥饿，他只"看"，只看你的吃。只有他的一双眼睛跟随着你的舀饭、取干粮乃至你嘴的动作而动作。直到你注意到他的"看"，生出恻隐之心，向他伸出怜悯之手。他等待的就是这只怜悯之手。于是你就会将一块带枣或不带枣的干粮，一块尚有余温的山药交于他手中。当他狼吞虎咽地将其送下肚后，还不忘你罐中的米汤。此时罐中的米汤总会剩下一口半口，直到你端起汤罐将米汤倒入碗中，递到他手中，他便端碗一饮而尽。此时，一个赶饭担者的全过程才算结束。他得知篮子里的干粮和罐中的汤都已罄尽，才会用手背抹抹嘴，扬长而去，准时准点地去赶另一家的饭担。他了解每家送饭的准确时间。

赶饭担者年龄参差，此职业似能维持他的生命，于是才成了一种职业。他们游走于广阔天地这个"职场"。

赶饭担者多为男性，偶有女性时会背着不好的名声。

当今，各种聚会后的饭局多如牛毛，常见有本不在邀然而又熟悉的面孔混坐于局中，便使人想到赶饭担者。

2016年10月

叫街

　　叫街者也是一种职业，是另一种乞讨方式，若顾名思义像沿街叫喊着求助，然而并非如此。叫街者的行为比叫喊更凶猛可怕，见到他们你会心生恐惧，战栗不止。

　　叫街者专出现于庙会，往日的庙会多依附于一座庙宇，或佛道寺观，或村野诸神之宅邸——小庙。故乡就有一座火神小庙，庙宇小得不成体统，但依附于它的庙会庞大。夏季麦已收割，庙会开张，南北商贾应时而至。当地赶庙人也把此作为一年大事，置买家什，大到车辆犁耙，小到葵扇凉席。一座土里土气的火神小庙，也会被香火缭绕笼罩，于是叫街者便应时出现，他们专跪于庙门两侧，排起长龙，赤裸上身，手执自己的布鞋用鞋底拍打自己的胸膛。那拍打不是表演式的，不是自欺欺人的蜻蜓点水，而是噼噼啪啪地真拍真打，直到他们淌下眼泪，吊着鼻涕，把胸膛拍打得红肿渗血。他们也喊也叫，但鞋对胸膛砰砰的拍打声早已压过他们的喊叫。那喊叫内容简单，且不含求助之词，只喊：老爷太太公子小姐……哎哎哎哎。他们只用自己对胸膛的打击声，胸膛上出现的异常来打动你，使你生出怜悯之心，再向他们施以恩惠。

总有受到感动的老爷太太公子小姐，他们从口袋中抠出一星半点毛票或铜钱置于叫街者面前。也有单纯的围观者，不认对于自己的尊称，站下来只是围观，尽管他们正受着叫街者的鄙视，自己的感官也受着莫名的刺激，但找点刺激是人的共性吧。

叫街者成为当地庙会的一道风景线，它和那边正在演出的戏台、另一边高挑着"闻香下马"幌子的酒棚一样，完整着庙会的风度。

2016年10月

春的使者

一个没意思的老题目，但它却不是草的返青、柳树的鹅黄，更不代表春天那些花的绽放。

这是一株嫩芽，只一株，它的母体是一个胡萝卜，上年收获时它被遗忘在地下。在秋天的荒野里，没有人知道它的存在。冬天时大地又被白雪覆盖，只待雪被太阳的温暖融化，大地开了冻，地下的萝卜感到大地的温暖时，它觉醒了。一株在母体中孕育了一冬的新芽要萌生出来，之后它在地下成长"壮大"，终于突出地面。那新芽泛着微黄，晶莹剔透，它像个先知先觉的使者，呼唤着大地。不久大地就会被它唤醒，才是个万物复苏的世界。

孩子们发现了它，谁都觉出这春天就是由于它的存在，于是他们在漫场野地里奔跑起来，他们没有理由不奔跑。

跑着朗诵着昨天上课时的课文："在春天的田野里我们奔跑，一股暖气直透背胸……"

2016年10月

"笑掠"或"袖掠"

一日，有乡间小学同学来访，自然谈起老同学的去向和职业。

我问：某某现在何处？

答：现在朝鲜前线任营长。

我问：某某呢？

答：在村中任生产队会计。

我问：某某呢？

答：养蜂。

我又问：某某呢？

答：当笑掠呢。

一个久违了的称谓和职业。"笑掠"或"袖掠"无文字可考，合理成如此二字是我的猜测。这是一种职业，近似小偷但又有别于小偷。小偷偷盗或入户或扒窃于街市，形式多变，偷盗内容也杂。笑掠不然，只潜行于集市庙会，只"袖"些零星物件，无更大野心。比如你刚买下两根油条，将其置于卖主案上，掏钱时两根油条不见了，被笑掠袖去了。比如一妇女刚买下棉布数尺，夹于腋下，瞬间又消失于腋下，女人便大喊：哎呀，不好，我招了笑掠。笑掠还会趁机袖个瓜果梨桃。

我想，"笑掠"或"袖掠"二字显然出于上古，它文雅又形象，若用笑掠解释，便是笑着将你的零星掠去，是一个对于失主、对于掠者都无大碍的行动。若用袖掠解释，可解释为掠者将收获置于袖中，或掠者从你袖中取物，古人是着宽袖衣衫的。

笑掠和强盗小偷都祸及他人，但强盗使人恐惧，小偷使人败兴。"笑掠"一词还有几分顽皮和幽默，被掠者常以苦笑而对之。

2016年10月

打场上供

这是一种鸟，人们把这鸟的叫声称作"打场上供"，这鸟也因此而得名。

这鸟专在麦熟上场之前鸣叫。叫时飞得很低，抿着翅膀，擦着树梢，擦着屋顶，越过即将收割的麦田，穿梭般地飞行。飞着"喊"着打场上供。这是对人的一种提醒，也就成了人借助鸟叫对自己的一种提醒：你要打场了，别忘记上供。于是种麦人说，多亏了"打场上供"的提醒。

有人说这鸟就是"布谷鸟"。并不是，或许它是布谷鸟的同类，布谷鸟只叫在春播时，叫着"布谷"，提醒人们季节到了，该播种了。而这鸟叫的是"打场上供"。

上供。上什么供，我们那一带没有在场上上供形式的流传，只在小麦上场的那天下午，家家都要为在场上劳作的人们准备些吃食，如果讲"犒劳"，在全年劳作的日子里，这是对劳作者唯一的犒劳了。这犒劳的形式简单，但庄重：这要有一大筐炸馃子，且用新面做成；一大瓦罐面条，也要由新面擀制。

没有打场，哪里来的新面。原来种麦人为了赶制这顿犒劳，就要挑些早熟的麦穗，用手搓下麦粒，上碾压成新粉。当一切烹制停当，就要由一位身强力壮的家庭主妇或者还透着新鲜的新媳妇挑到场边。这时割下的麦子已由碌碡压过，刚从麦秆上分离下来和着麦糠的麦粒在场上已攒成堆。只待和风兴起扬尽麦糠。

就在这时，人们一面等待和风，一面从筐中抽出尚温的馃子，女人也早把面条送到你的手中。大家吃起来，喝起来。只有送餐的女人不吃不喝，这时她就像一位虔诚的供奉者，只管把供品"上"给劳作着的男人。我不知道这是不是"打场上供"鸟的初衷。或许就是。因为这时鸟多半要飞过来，擦着场边，抿着翅膀，再次叫着"打场上供"，像是为这一形式叫好。有人注意到了鸟的飞过，有人或许并没有注意到。鸟会再次飞回，再次叫着——打场上供。

人们吃尽了筐中的馃子，瓦罐也变得精光。果然和风已至，那和风就像是"打场上供"鸟领过来的。因为你要

打场了、"上供"了。有人抓起一把带糠的麦粒向天空扬去，试试风力和风向。果真风把麦粒和麦糠分得一清二楚，已是扬场的好时候。"开扬吧！"有人喊着。于是这些吃饱了喝足了的人抄起扬场用的木锨，把小麦一锨锨地扬上天空，一锨比一锨扬得高。扬场人仰头向天空看去，金灿灿的天空正笼罩起打麦场，麦糠随着和风扑散在一边。干净的麦粒在扬场人的锨下越堆越高。

打场上供鸟还会再来。

一个麦季不能没有"打场上供"，你打场了、上供了，就是一个季节的圆满，一年的圆满，一个人生的圆满。

很少有人近距离地看到这鸟的长相。鸟也故意神秘着自己，它就像一个精灵，故意不与人靠近。只把声音传递给人。

在演剧学问里，有一种叫"间离效果"的理论，主张让人有距离地欣赏，感觉你眼前或耳边所出现的意境。有时这间离效果更会使人受着感动。

2010年大寒

旅行杂记

旅行杂记

多瑙河的水并不蓝

国人认识的多瑙河大多是奥地利作曲家施特劳斯的乐曲《蓝色多瑙河》，这是每年维也纳新年音乐会的压轴曲目。届时，地球人或置身维也纳金色大厅，或静守在电视屏幕前等待这首乐曲的出现。当那些世界顶级指挥家抡起指挥棒，乐曲响起时，蓝色的多瑙河水便会在人们的脑海中流淌起来。大家认定那河水一定是蓝色的，那蓝一定是蓝若宝石，蓝得透人肺腑，蓝得高深莫测。于是地球人大都心怀这首乐曲来到这条河边，但这时你会意外地发现多瑙河的水并不蓝，连一点蓝的意味都没有。它和我国的江河颜

T.Y 2017. 7. 29
多瑙河游览船上 奥地利女王号

色并无差异，它只是一条水流丰沛、畅流不息的时而宽阔时而又显出狭窄的河。若不是两岸有茂密的绿树和异国情调红屋顶的掩映陪衬，它实在没有什么看点。然而我仍然相信，施特劳斯看到过的这河是一条蓝色的河，不然他为什么会心生雅兴写出这么经典的乐曲，成为地球人的共识。也许这条多弯多变经过数国的河在每个阶段所呈现出的颜色不尽相同。施特劳斯看到的并不是位于他身边的这一段，或许这条本是蓝色的河如今受了游人所乘游船的挤压搅拌才变得如此混沌。那一条条上百米长满载游人的游船，每日穿梭于河中。我就是站在游船上发现这条河的不蓝。

然而艺术就是艺术，音乐就是音乐。或许施特劳斯时代的河就是这样。作曲家所以把它变成蓝色，那是多瑙河在作曲家心中的升华，代表着作曲家彼时彼刻的心绪。他愿意把自己彼时彼刻美好的宛若蓝宝石一样的心绪留给后人吧。

维也纳金色大厅的"金"

维也纳金色大厅是因为每年一度的新年音乐会在此举办而闻名于世的。而在它不远处的更重要的音乐殿堂，奥地利国家歌剧院却失去了它应有的位置。

金色大厅内确实被一片金色笼罩，那些巴洛克形式的柱子、浮雕、人像、灯饰及一切小装饰都满涂金色，我想那金尽是真金，不会是劣等颜色的涂染。每当新年音乐会的乐音响起，各种照明设施开放时，一切的"金"会更加耀眼夺目，连台上乐手们手中的乐器由于受了这金的照耀也会发出更加晶莹的光芒。那是声音和金色一起交响。

也许单此一场新年音乐会维持不了这样一所金色殿堂的存在，它必得另辟蹊径，以更多的经营方式"敛金"来维持住它的金色。据国外知情朋友介绍，目前只要有意进入该大厅的团体和个人，尽可申请。国内的歌唱家某某和某某都是经他们介绍进入这所殿堂的。他还向我透露了大厅的租赁费，一个不小的数字。

2017年夏天一个偶然的下午，这位朋友陪我来到这座金色大厅，欣赏一场音乐演出，碰巧这是国内某省少年的一场器乐演出。这是一个庞大的铜管编组乐队和另一些民间乐器轮换出场。庞大的乐队，沉重的乐器使这个本不宽敞的大厅更显狭窄了。我还是怀着几分好奇、几分骄傲的心情落座在大厅内，一边欣赏一边为国人叫好，但细听细看时又对台上发生着的一切生出几分不解：一个个十几岁的少年男女怀抱和自己的个头不相称的大家伙，以自己稚嫩的身体发出有限的气息，吹奏得力不从心。于是那些不协和不饱满的声音便回荡于厅内，也许那是在演奏中国的《茉莉花》吧。我看到一些懂行的老外大多抽身而去。我想为什么非要孩子们做这种力不从心的事，但我转念一想，这群孩子是在金色大厅演奏啊。这对他们一生都重要，而他们的老师、指导也会把此次的光荣行动留存终生的。

当然，他们同样也会付费给金色大厅，那么金色大厅内可以回响着《蓝色多瑙河》，回响着《拉德斯基进行曲》，为什么不能回响着孩子们力不从心的演奏。

我还是要为孩子们能进入维也纳金色大厅演奏而骄傲，至于国内当今一些歌唱名家、演奏名家交付出更高的租金进入这座大厅，名声就更加在"外"了。

贝加尔湖水深鱼肥

位于俄罗斯远东的贝加尔湖虽然不是世界上面积最大的湖，却是最深的湖，它的水深达一千六百米，而水的透明度也居于世界之最，透明可见度竟达四十余米，它的储水量也相当于世界所有淡水湖泊总量的百分之二十。俄罗斯人喜爱它，称它为远东的一颗明珠。我曾两次来到这里，亲身体验它的美丽，它美在自然，美在天然。不似我看到的另一些湖泊，为迎合旅游的需要，人为地"加枝添叶"，改变着它的天然属性。而贝加尔湖千万年天然属性不变，至今这里的人夏季时还是半裸着自己享受湖水的陶冶，一家一户的大人和孩子身上挂着湖水的水珠，躺在水边碎石滩上享受太阳的照晒。只可惜这碎石滩接连着岸边的公路，公路年久失修，老车也多，车过时扬起的灰尘不时向宁静的湖水铺散着。给那些本是洁白如玉、豆粒大的碎石滩也增加着不洁。当地人似乎已习惯这些，他们还是畅快地喝着瓶中的格瓦斯和那些带嘎斯的汽水，愉快地和湖水、太阳做着交流。

与当今这个地球村开展的旅游相对照，贝加尔湖附近的村镇也显出老派，一些年久失修的门半掩着，偶有游人经过，他们便探出身子显出不解地观察着这些以旅游为目的而来的异邦现代人。家庭式旅馆也有，但他们的经营风格还没有和现代生活接轨，不似西方发达国家的家庭店开得内行。一些尚带着村姑模样的服务员做事节奏缓慢，不能用母语以外的语言和客人做交流，也显出与贝加尔湖这样的名湖的不协调。

但贝加尔湖还是以自己应有的大的气象和魄力吸引着地球人的注意,这时你忽然觉得贝加尔湖原来是俄罗斯人的"老本",当地人也许觉得仅此老本就够"吃"了,为什么还要改变?道路和车虽老,车不是还在老路上绕湖跑着吗?几粒灰尘还能压倒贝加尔湖的气势?服务员不懂外语,面无表情,大家不是还是前来品尝贝加尔湖的鱼吗?

说到贝加尔湖的鱼,你应该尝,尝后你才晓得什么叫鲜美。

我们在路边一个庭院门外停下来,看一个当地青年卖烤鱼,在一个自制保温箱里盛着刚从后院烤出来的鱼,据介绍这烤鱼绝对是当地土法炮制,是一种叫"奥目利"的鱼用松木烤熟。这土法炮制的鱼到底吸引了我们,当我们坐在那不加修饰的院中吃鱼时才体会到,这是世上最好吃的鱼了。一条条肉肥刺细梭样的鱼被一张软纸包裹着,纸打开鲜气释放出来。吃完一条你不能不再吃第二条第三条。

几位东南亚客人坐下了也津津有味地咀嚼着。瞬间,青年人箱中的鱼只剩一条了,当再有人要买下这最后一条时,青年人却把它留给了自己,他用手撕扯着和大家一起分享着、笑着。

大凡一种食品被制作者也喜欢时，那味道肯定是地道的。

萨尔茨堡的热闹

国人认识奥地利的萨尔茨堡大多来自美国电影《音乐之声》，该电影的外景在此拍摄，电影中的插曲《哆来咪》几乎成了二十世纪的流行歌曲，电影中那位家庭教师就是在毗邻萨尔茨堡的阿尔卑斯山上，和那五位少年唱着《哆来咪》联络起她和他们的感情的。如今许多游人来到这座城市，分析辨认那是哪座山，于是萨尔茨堡那条狭窄的大街上被游人充斥起来。在我走过的欧洲大小城市中，萨尔茨堡应该是游人最稠密的一个了。

当然有的游客不是为《音乐之声》而来，他们是为寻找奥地利天才作曲家莫扎特的足迹。莫扎特故居就位于一条名叫哥特拉侬德的小巷，现在这是一条繁华的商店街，它从莫扎特广场一直延伸到美菲斯山脚下。街道虽窄，古建筑争奇斗艳，尤其悬在空中的各种花纹的铁质招牌更增加着这条街的气质。莫扎特故居就坐落在这里，这是一幢老式的四层建筑，墙上镶嵌着"莫扎特故居"几个大字，游客们争先恐后在此照相留念。当时莫扎特一家就住在这所建筑的四层。在莫扎特出生的那个房间里挂着一个小小的花环，说明莫扎特的摇篮就摆放在这里。房间中拥挤着的游客，举起手机拍着房间和自己。我发现举起手机自拍的大多是来自东方的年轻女性，她们脸上被白的脂粉覆盖，嘴唇鲜红，照完相便匆匆离去，又到走廊选择另一个背景自拍去了。

我常想起旅游和旅行概念的不同。满世界跑着为自己拍下几张纪念照说明是去过某某地方的，这是旅游者吧。而那些有目的的旅行者，他们常带着研究的眼光了解着眼前的一切：地理的、历史的、人文的。我看到日本画家东山魁夷来此旅行的一点文字记载，他在莫扎特出生的这个房间里距小花环不远处，还发现摆放着一架击弦古钢琴。而他还注意到这架钢琴是1760年制作，是五音程的。莫扎特就是用它写出著名作品《魔笛》的。而东山魁夷还注意到这则介绍是莫扎特夫人康斯坦采写的。

我也注意到这架钢琴的存在，但我是作为"热闹"看到的吧。或许这里的过分热闹使我没有机会关注应该关注的一切，那些闪动着的美人脸庞和手机自拍的闪动阻碍了我对这架钢琴的认识。

莫扎特怎么也想象不到在他逝世之后他家中的热闹。那时这条小街和他的家室一定是安静的，有了安静他才能弹奏着他那架手工制作的五音程钢琴，写下他的《魔笛》。

2017年12月

发于2017年12月13日《燕赵都市报》

洁净的小城丽坡

在丹麦时，易德波女士为了加强我对这个国度的印象，她给不少丹麦朋友和地方起了中国名字，丽坡便是一个地名。

丽坡是丹麦一个只有九千人居住的小城市，过去或许不曾有人把它翻译成中文。按它的丹麦语发音直译，可译成"瑞波"或"日帕"。易德波觉得实在是太美了，所以就叫它丽坡。

丽坡是易德波的故乡，十四世纪时它曾是丹麦的首都，如今是丹麦的旅游胜地之一。

它位于丹麦西部，西面是一片季节海，其余三面被绿色丘陵环抱，环境、气候非常宜人。十四世纪时，曾有一位捷克公主自己驾着帆船漂洋过海，来到这里嫁给了丹麦国王，至今丽坡还有那宫殿的遗址和公主的塑像。当然，公主来丹麦是否亲自驾着帆船，不好确定，但公主的船停泊的码头至今还在。

丽坡的街道古朴、典雅，保持着几百年不变的古风。为此，市政府作了许多规定。比如，市内居民的房屋只许按原来的面貌维修，不许改建；全市最高的建筑要永远属于丽坡大教堂……

那天，易德波情绪格外高涨，她骄傲地为我介绍她家乡的一切。我最感兴趣的还是它那独特的市容和居民独特的生活秩序。我和易德波在由青石和红石铺成的街道上走着，身边闪过的尽是古老的酒店和商店，店门和围墙都保持着八百年前的老样子，居民们平和地、不慌不忙地做着眼前的事。我们在一家老酒店里坐下来，店主用木酒杯为我们倒满啤酒，把酒杯摆在一张厚重的木桌上。我问店主，这桌子用了多少年。店主说，不记得，总有三百年吧。我再端详店内的其他设施，托盘、酒桶、烛台，甚至连一个铁制的开瓶器，都不是今人能够仿造出来的古董。几位身着现代服饰的旅游者，坐在另几张桌前安静地品尝着红酒，显然是为了享受一下这古老文明的氛围。也许来丽坡的人都有同一感觉：人类尽管都在建设着自己的现代文明，然而又多么需要暂时离开一下现代文明的嘈杂，享受一下这古代文明的陶冶。这陶冶可以使人活得安静而单纯。

我们走过一座老磨坊，又走过一个竖满木桅杆的老码头，在一条更小的小街上停下来。易德波告诉我，这便是她的旧居：一个圈式门洞，两扇木板街门，很像中国北方农村农户的大门。在门前，近五十岁的易德波女士突然靠住门框摆出了一个调皮少女的姿态，并让我赶快用相机把她拍下来。然后她告诉我，十岁时她经常在这里打量街上的行人，想象她未来的丈夫应该是什么样子，可总也拿不定主意。她用熟练的中国话说："我那时总是见异思迁的。"

走在丽坡街上，不时能够看见路边有一个个齐胸高的木桩，每个木桩上都挂着一沓印有狗头的塑料袋。我问易德波这些东西是做什么用的。易德波告诉我是专门为带狗上街的人预备的。这很重要，它关系着丽坡的卫生。如果有狗在大街上放了屁，狗的主人必须把屁拾起来装在塑料袋里。我惊讶地问："啊，把屁拾起来？"易德波大笑一阵说："实在对不起，不是放了屁，而是拉了屎。"

1992 年

哥本哈根的周末

从莫斯科乘火车二十八小时后到达丹麦首都哥本哈根。我和接待我的挪威汉学家易德波女士，一起乘车穿过哥本哈根的主要街区，她是从挪威首都奥斯陆专程到丹麦接我的。

正是上午十点钟，车子又是在主要街区行驶，然而大街上行人和车辆极少。我问易德波这是为什么，她说，因为今天是周末。我再注意一下窗外，原来所有商店都关着门。北欧人每周休息两天，这两天举国上下都在休息，连商店也不例外，出租车司机若不遵守规定，也会遭到罚款。

我来哥本哈根的第一件事，便是和易德波一起去拜会她的老朋友 —— 哥本哈根一对很有才华的建筑师夫妇。迎接我们的是建筑师的女儿。她的名字发音很像中国话里的

"轱辘"。"轱辘"是一位正在上高中的美丽而端庄的姑娘，她告诉我们，父母昨天到乡间别墅去了，因得知我们今天来，将提前赶回哥本哈根。

"轱辘"为我们煮好咖啡，有些腼腆地把我们领进一间很大的厨房，请我们在一张很大的木桌前就座。后来我发现北欧人每家都有这样一间大的厨房和一张大的木餐桌，这里往往是全家人的活动中心，也是接待客人的好地方。每家的厨房都经过刻意布置，而且都布置得别出心裁。"轱辘"家的厨房从地板到墙壁、屋顶都由松木板装制而成，阔大的餐桌、桌椅、餐具橱、案台也由松木制成，不着颜色不涂油漆。这里的一切无华贵之色，但使人感到殷实和稳定。炊具和必要器皿却极考究，极"现代"。阔大的案台下是一排包括大烤箱、洗碗机、微波炊具在内的炊具，连全自动洗衣机也放置在这案台之下，这给主人的家务劳作带来了极大的方便。

北欧人重视厨房，却不在意卧室，卧室简单到使人难以置信的程度。许多人在阁楼上就地而卧，一些人则把家里最小的房间做卧室，室内只用简单的木板做床，床上只铺着必要的被褥。还有一些人家把睡觉的地方干脆安置在房间一个不被人注意的角落。建筑师夫妇的被褥就铺陈在一排书柜后面，而这里没有床，却是一个可供两人躺卧的大木池子。

在"轱辘"家宽绰的厨房里，我们正喝咖啡，建筑师夫妇赶了回来。夫妇俩身着极普通的针织衫和短裤，脸被乡间的太阳晒得红通通的，像一对刚在地里干完活儿的农民。男主人抱一个大柳筐，筐里是新鲜的蔬菜——胡萝卜、芹菜、豆角、荠菜……他进门放下筐说，这都是他们自己种的，周末种菜是他们最愉快的事。说完，从筐里捧出几个枣样大的马铃薯说，这马铃薯不是还没有长成，是它们根本长不大。他问我中国有没有，我说，也许有，但我还没有见过。

男女主人以及"轱辘"还有她的同学，为晚饭忙了整整三小时，这是一顿典型的丹麦饭。当然，女主人也用上了他们亲手种的微型土豆。晚饭间，"轱辘"和她的同学出其不意地为我们演奏了木管三重奏，亨德尔和舒伯特的作品。她们吹得专注、动人。饭后"轱辘"又邀我和她们一起到海滨去过周末之夜。我们又穿过古老的哥本哈根街道，街上已经热闹起来，和白天形成了鲜明的对比。在没有车辆往来的大街上，年轻人围成圈，或演奏，或舞蹈；老年人戴起尺把长的假鼻子、手掌大的假耳朵，儿童般地追逐着游戏。咖啡店和啤酒店在街中央摆起桌椅，人们披着灯光开怀畅饮。热闹的中心是海滨，丹麦的标志 —— 美人鱼就安静地坐在这里。围绕着美人鱼，人们整整狂欢了一夜。当海滨寂静下来时，已是黎明了。

1992 年

陶玲和撒哈

陶玲从门外进来，她身后还有一位金发碧眼的姑娘。陶玲指着那姑娘欣喜地对我说："撒哈。"我知道撒哈是陶玲的妹妹。她们是双胞胎，都是丹麦兰讷斯艺术博物馆馆长麦蒂·采拉的女儿。陶玲当然是个中国名字，是一位丹麦汉学家为她起的。有一次陶玲对我说，她和撒哈虽然是双胞胎，但长得一点也不像。后来我发现，陶玲和撒哈虽然都有美丽的体态和脸庞，但长相和性格确实不同，陶玲文静、内向，而撒哈则属于"开放"型的青年。因此她们高中毕业后，个人的道路也大不相同。陶玲在兰讷斯一家餐馆做工，每天要做完五百套三明治后，时间才能属于自己。而撒哈不然，"不安分"地去了巴黎，现在在一个人家当保姆。后来我问撒哈，为什么非要离开妈妈姐姐去巴黎，丹麦不也是很好的地方吗？撒哈说，巴黎才是世界上最好最好的地方，巴黎神秘。现在撒哈是专程从巴黎赶回来看我的画展的。她支持母亲的事业，也热情地希望了解一个东方艺术家的作品。撒哈只在兰讷斯匆匆看了我的画展又很内行地对世界艺术作了些评价，就回巴黎了。而陶玲则不然，在她妈妈任职的博物馆里，一遍遍地看我的作品，有时只身一人站在一幅画前半天不走。我发现她留恋的作品，也是我所喜欢的。每个画家的作品纵有百件，但自己最喜欢的也不过有限的几件。

一天上午，陶玲急切地赶到我住处，问我愿不愿意出去玩。我说："当然愿意，可你不是正在上班吗？"她说，今天她提前两个小时上班，早早就做完了五百套三明治，现在时间已属于自己了。我问陶玲，到哪里去，玩什么？陶玲却笑而不答，只示意我跟她下楼上车。那天陶玲开车，我坐在她旁边。她双手舞蹈般地操纵方向盘，于是，绿色的丘陵、白色的风车、红色的庄园屋顶急速地从我们身边闪过。一小时后我们来到一座不大的沐浴在阳光中的小城。陶玲在一个小停车场停住车，又领着我东拐西拐在城内步行一阵，最后在一座有着现代形式的建筑物前站住，至此，才揭开了她这次行动的秘密：我们面前原来是丹麦著名画家约恩的博物馆，这城市便是他的家乡。

来丹麦前，参观约恩博物馆是我旅欧计划之一，但我并没有向任何人透露过，陶玲却猜出了我的心思。在约恩博物馆，陶玲激动地把她最喜欢的作品一张张指给我看，并不住观察我对约恩作品的反应。当她觉出了我的反应热烈，才满意地朝另一幅画走去。

中午我们在博物馆休息厅用午餐，陶玲要了两份蔬菜沙拉、两瓶啤酒和两套三明治。我坐在餐桌前问她，为什么自作主张把我领进了约恩博物馆？陶玲只是笑着示意我吃沙拉喝啤酒，对于三明治她却冷淡得要命，我想这也难怪，因为她每天都要和三明治打交道。

陶玲始终没有回答我的问题，后来我也意识到这问话的多余。陶玲领我来认识约恩，便是对我的艺术最好的理解吧。我的绘画使她自信，我一定喜欢约恩。

1992 年

甘宝华的故事

　　三年前，我曾去了解挪威艺术，易德波女士做我的翻译。她是挪威为数不多的汉学家之一，在奥斯陆大学文学院东亚系任教，当时除了给一个硕士研究生班讲授鲁迅作品，还为两个程度低的班教授中文。一天，易德波领我来到一个班，请我教她的学生练习口语，在这里我认识了甘宝华。

　　甘宝华是一位七十二岁的挪威太太。那天，由于课堂上出现了我这位中国人，同学们很兴奋。这天他们的课文是一段中国历史，课文写着"……清兵入关后，有一位皇帝吊死在故宫后面的一座山上"。我看着眼前这十几位同学，决定先请一位留着络腮胡子的同学朗读课文。这同学读完后我问他："请问你叫什么名字？"他说："我叫哈根，笑哈哈的哈，树根的根。"他语调尚可，人很有幽默感，同学们笑得很开心。我问哈根："你知道那位吊死在山上的皇帝的名字吗？"哈根想了想说："知道，他叫崇祯。"我请他坐下，又向一位有着银灰色头发的太太提问："请先把您的名字告诉我好吗？"这位太太立即站起来说："我叫甘宝华。"她毕恭毕敬地垂着手，脸上带出羞涩。我说："您的中文发音可不错。"甘宝华便说："我生在中国湖南。"我想，原来如此，半个老乡呢。她的"中国湖南"说得虽不及"甘宝华"字正腔圆，但我还是听出了几分亲切。那么甘宝华当是这个班汉语水平最高的学生了。

我决定向她提些更深的问题。我问甘宝华："您在中国出生的时候，发生着什么事情，能告诉我吗？"她的脸明显地涨红起来，眉头紧皱在一起，愣了一会儿说："我叫甘宝华。我生 …… 在，中国、湖南。"全体同学都把视线转向甘宝华，有人低声议论着。我看看坐在我旁边的易德波，她似要示意我点什么，而我却又对甘宝华说："我是问您，当时中国正发生着什么事。"她神情更加紧张起来，脸通红，说："我叫甘 …… 宝 …… 华，生在 …… 中国 …… 湖 …… 南。"这回她连"甘宝华"三个字说得也吃力起来。易德波连忙拉拉我的衣服。我便请甘宝华坐在自己的座位上。她迫不及待地打开书，似要好好研究一下什么似的。这时又有几位同学抢着回答问题。

下课了。我看到甘宝华把易德波截住，用挪威语向她倾诉着什么，她说得迫切、激动，做着各种手势。

我和易德波驱车回住处，在车里我问易德波，甘宝华向她说了些什么。易德波告诉我，甘宝华要求降班。她说她的中文要从头开始。我说，甘宝华可是生在中国湖南呀。易德波说："她是生在中国，可从出生到离开那里只有三个月。父母是传教士。"

原来如此。

甘宝华降了班，这个班学着更简单的中文课本。第一课：这是我哥哥，那是我妹妹。第二课：那是你妈妈的汽车吗？不是。那是我爸爸的汽车。

这天易德波又邀我去为这个班同学练习语音。我在讲台上环视一下在座的同学，一眼就发现了坐在最后一排的甘宝华。我请所有同学把他们的名字告诉我。他们听懂了，从第一排开始依次回答起来。有挪威名字，也有中文名字。又轮到甘宝华了。她抢先站起来说："我叫甘宝华，生在中国湖南。"所有同学又把视线转向甘宝华，这实在是刮目相看了。大家以惊喜而意外的眼光看着甘宝华，似乎在说：怎么回事，有这样的中文水平为什么和我们坐在一起。接着，易德波请我为她的学生领读课文，我领读两遍后，请他们独自朗读。几位同学生硬地读，发音尚不入门，这时我想到了甘宝华，在这里她该是最优秀的吧。我说："请甘宝华同学给大家朗读一遍吧。"甘宝华站起来以坦诚的目光看着我读起来："这是我哥哥，那……那……那……"甘宝华一连念了三个"那"，便又高声说："我叫甘宝华，生在中国湖南。"说完，也不敢坐，两只眼睛看着我，像个闯了祸的孩子。

下课了，甘宝华又把易德波截住，急迫地打着手势和易德波交谈一阵。

在回去的路上我问易德波："甘宝华是不是又要求降班了？"易德波说："是这样。"我说："下面还有班可降吗？"易德波说："有，下面还有一个班下学期开学。"

后来离开奥斯陆时，易德波到车站送我，说："我真想和你一起去中国，可是学校又要开学了。有老同学，又有了新同学，还有甘宝华呢。"

今年5月接到易德波的来信，信中说，她和她的全家要来中国，而我当时正准备动身去美国。本来这将是我们又一次愉快的会见。许多故事都可以在我们的交谈中接续起来。其中当然也包括了甘宝华学习中文的故事。可惜，我们只能为失去这次会见而遗憾。

奥胡斯的艺术节

丹麦的第二大城市当数奥胡斯。它是丹麦日德兰半岛的一个重要港口，也是丹麦西半部的文化经济中心。这里有著名的奥胡斯大学，还集中了几个很有名气的博物馆，而近年来最为丹麦人注意的，还是它那一年一度的艺术节。

我的画展在丹麦另一个城市兰讷斯举办，离奥胡斯有七八十公里路程。艺术节前夕我也接到来自奥胡斯的请柬。

这天，由兰讷斯艺术博物馆馆长采拉女士亲自开车同我前往。我们上午八点出发，一小时后便来到奥胡斯。艺术节的主会场在奥胡斯艺术博物馆，街上车水马龙，能进入主会场的人实在不多。进入主会场的人都衣着考究，甚至显出几分保守。北欧人的衣着本来是非常随便的，短背心、短裤不分男女老幼，人人皆穿。在一些别墅前的草坪上，经常可以看见男女主人赤着上身在修整他们的花园。而在海滨，不论男女常常是赤裸着全身在晒太阳聊天，你若衣着严谨地从这里经过，反而成了他们眼中猎奇的对象，你自己也常常会觉出不合时宜。现在，宾客们从一张摆满酒及酒杯的长桌上，选出自己的所爱，手持酒杯在展厅里读画聊天，展厅尽头，只有几十把木质椅子作为开幕式的座席。没有任何所谓庄严气氛，虽然女王就要在这里露面。

十点整，女王出现在人群中间，伴随她的只有她的丈夫和一位文化部部长。女王穿戴平常，一套保守式的灰格西服裙，倒像个干练的公司职员。没有人鼓掌，没有人欢呼。人们该喝酒的喝酒，该读画的读画。女王也来到桌前，为自己倒上一杯葡萄酒品尝着，和文化部部长说着什么。

开幕式时，有人请大家就座，女王和她的丈夫也找把椅子坐下，然后是市长和文化部部长致辞。致辞简短得很，每人差不多只十来分钟。讲演人身前没有讲台，只有一支孤立的麦克风。开幕式结束后，人们才正式开始参观这个集中了全世界数十位悲观主义画家作品的展览。作品陈列在五个展厅里，挪威画家蒙克的作品占了很大比例。就像挪威作曲家格里格那样，蒙克也永远是挪威人的骄傲，他影响着整个人类的艺术进程。女王读画非常仔细，一边读着，一边详细询问着。

丹麦女王为玛格丽特二世，生于1935年，年轻时曾学绘画，至今还画得一手非常漂亮的水彩画。她还设计邮票，设计家具，布置房间，连标志皇家的家徽，都是女王亲手设计的。

女王出门常乘坐一艘游艇，那天她从哥本哈根来奥胡斯，也是乘坐了这艘游艇。我们从停泊游艇的海湾经过，发现它很普通，像一条海上的工作船，只有悬挂在旗杆上的旗帜，才告诉你这不是一艘普通游船。

我们离开港湾时，一位衣冠不整的老人向我们走过来。他手里拿着一把传单，边走边分发，遇到我，显出格外惊喜。他抽出两张塞在我手里说："这是我用养老金印制的，千万把它带回中国去，你一看就明白，比西方人要明白得多。"我接过传单，发现是中文。这是中国红卫兵的传单，上面印着"夺权"什么的，还有几位被称为"走资派"的漫画像，是老人复印下来的。听采拉说，这位老人经常在奥胡斯街头撒传单，成了奥胡斯的一景，有时他胳膊上还戴着一个红卫兵袖章。

我问采拉，老人今天撒传单，在他看来是不是有着不寻常的意义，今天是艺术节，又是以悲观主义为主题的。采拉说，老人也许并非这样想，或许他正在和这个艺术节主题闹对立：人类为什么要有一个悲观主题呢？只有他的事业才是最乐观的。

1992年

"丹麦第一汤"

　　我来丹麦后，从当地报纸上得知，我是第一位来丹麦举办个人画展的中国画家。况且我的画属于西画，大概西画总是容易和西方人交流的。许多喜欢艺术的丹麦朋友来到我的住处，请我谈中国，谈对西方社会的感觉，乃至鉴定他们的收藏，其中包括中国绘画、中国民间艺术、中国瓷器。一位牙科医生的太太找我，说她收藏着一件中国瓷盘，是她丈夫当海员时在中国买的。她坚信那是一件真正的宋瓷，愿意与我一起分享一次欣赏这珍品的愉快。我答应了她，谁知当这件椭圆形一尺多长的瓷盘摆在我面前时，我发现那不是一件宋瓷，而是近代的仿制品。盘子釉彩的光泽及颜色的特点，都证明我的看法是不会有错误的。但我为了不使她扫兴，只能告诉她这的确是一件真品。这使这位太太高兴极了，摆出许多酒请我喝。我因还有另一个约会，只好谢绝。

我来到另外一个收藏者家里。这是一位貌似海盗的先生，蓄一把稠密的大胡子，一支烟斗总是有烟无烟地叼在嘴上。他凭着自己住宅的宽绰，开了一所业余美术学校、一个气功学习班和一个餐馆。他先领我参观他的业余美术学校。教室设在住宅前的一间厢房里，学生不少，年龄、水平不等。先生对我说，他对此无所谓：学生交费画画便是一切。那天二三十个学生正在画人体。一位年轻的女模特困乏地坐在一个角落，学生不管这些，各人按自己的想象在画布上涂抹。我问："老师呢？"先生抽空烟斗说："我就是，有时也请人教。"原来他是策划、校长兼老师。

接下去是参观他的气功训练班。这训练班就在他卧室的楼上。这里有两个班，一个是中国的太极，一个是印度的瑜伽。现在时间未到，教室里空空的，我仅从散放在地板上那一排做工精致的"绣墩"上，就觉得这比他的美术学校要有来头得多。气功老师便是先生的夫人，虽已五十开外，或许是因为懂"功"的原因，看上去只有三十几岁。她盛赞中国太极的绝妙，还不时为我表演一些招式。那招式虽带出几分洋气，却也潇洒、漂亮。看她的神情气质，我知道她着实从中国功夫里得到过好处。

已是黄昏。先生请我在他的餐馆就餐（餐馆在住宅的最底层），请我喝丹麦著名的卑尔根鱼汤，由先生的夫人亲自上灶。我们坐在摆着烛台的餐桌上，品尝鱼汤吃一种滚着小颗粒的圆面包。我问："这餐馆你们也不用别人吗？"先生说，只在最忙时，才雇临时工。他说，他的许多学生都愿意来帮工，可以免去学费。我们聊着天，却忘记称赞他的鱼汤了。先生按捺不住地问我："您还没有对鱼汤发表意见呀？"我说："真是太美了。"先生说："这才是丹麦第一汤。"

两天后将要举行我的画展开幕式。开幕前，兰讷斯艺术博物馆馆长采拉女士主张开幕式的酒会结束后，再邀一些朋友到她家做客，也算是一种特殊方式的庆祝。为此她已准备了许多糕点和酒。还说，假如我再做一点中国东西给他们吃，就更有意思了。陪同我的翻译易德波女士说："做馄饨，馄饨汤。"这位挪威汉学家，曾不止一次来中国，当然吃过中国的馄饨汤。我觉得建议虽好，但在日德兰半岛筹备一顿可供几十人吃的馄饨汤，却也不易。谁知易德波跑了不少超级市场，终于买到了所有主要原料：猪肉馅、面粉、中国葱、中国姜、中国香油和中国味精。我也翻行囊找出几小包虾米紫菜汤料和一包小包装榨菜。那天由我主灶，采拉和两个女儿一起上手，采拉把墩布把儿锯下一截做擀面杖，我们终于包出了可供三十几位朋友吃的馄饨。

馄饨"席"开始时，已是午夜一时，大家以自助餐形式各端一碗，自由就座，其中也有那位开美术学校和餐馆的收藏家。这位先生品尝了几口馄饨汤之后，一手端着碗，一只胳膊紧紧箍住我的脖子说："铁扬先生，原来这才是丹麦第一汤！"

1992 年

北欧人与艺术

在北欧，每个城市都有自己的艺术博物馆，有的城市还不止一所。每个博物馆都有自己的主旨，有的侧重写实主义，有的则侧重现代抽象主义，还有某个画家的个人陈列馆，如丹麦兰讷斯附近的约恩博物馆、挪威首都奥斯陆的蒙克博物馆，都是画家个人的陈列馆。每天都有兴趣不同的观众到自己所喜爱的博物馆参观读画。他们对于艺术客观而冷静，喜欢写实主义的观众不去嘲弄喜欢现代主义的观众的狂热，喜欢现代主义的观众也绝不嫌弃喜欢写实主义的观众的"保守"。有人把热衷于现代抽象主义艺术的人叫"先锋人"，先锋人里青年居多，穿着也"先锋"。

我曾和许多对艺术热心的观众交谈，发现不论是"先锋"观众还是"保守"观众，对艺术都非常内行。连许多中学生对艺术也侃侃而谈，宛若一个艺术评论家。但北欧观众对中国画却十分陌生，他们大多不了解中国画的发展以及它的创作特点。我面前常常坐着许多热心于了解中国艺术的观众，他们向我提着各式各样的问题。问题提得坦率而天真，有些问题回答起来还真有些棘手。

有一次在丹麦兰讷斯的一个讲座上，观众问我，中国画的构思特点和西方绘画到底有什么区别。我说对于西方绘画你们都是内行，而中国绘画的构思方法大多和中国诗词分不开，"诗情画意"便是中国画构思的一大特点。有些古诗词被中国画家画了几百年，现在仍然在画。一位观众马上向我提出反问："如果是这样，这些画不是都一样了吗？"我思忖片刻说："不可能，因为真正的画家从来都不重复别人，他们都是些聪明人，比如西方的毕加索，发现了人原来不仅可以从一个角度去看，还可以同时从几个角度去看，他的方法便被称作举世闻名的立体主义，毕加索是个聪明人。"立刻又有人反问："可这是毕加索，中国画家的聪明又表现在哪里呢？"我说："中国画家的聪明除了技法的标新立异，还表现在构思的巧妙上。"我想起了中国宋代画院里的一些故事。我说，中国宋代有个皇帝叫赵佶，他在政治上作为不多，却是一个杰出的画家和书法家。他亲自主持开办画院，广招博才多艺的贤士进画院做专业画家。但这些画家在进画院前必须经过严格的命题考试，许多考题流传至今，如《深山藏古寺》《踏花归去马蹄香》等。画家以这些诗句为命题作画，来证实自己的聪明和才智，每次只有少数人能进入画院。立刻有人问："在这些命题面前，他们的画有什么不同呢？"我说，比如应试者在画《深山藏古寺》时，大多数人都在纸上画一座山，深山里闪出一个寺院的角落，或在上下，或在左右。有一位画家没有这样画，他的画面上有山却没有寺，只有一个小和尚在山前的溪边挑水。这便是对这个命题极为巧妙的构思吧。因为有和尚挑水，不远处必定有寺。观众立刻雀跃起来，纷纷称赞这位画家的聪明。

接着我又谈了应试者在画《踏花归去马蹄香》时的情景。我说，大多数人都在纸上画一匹马正在草地上奔跑，草地上正盛开着鲜花。也只有一位画家，没有画草地和鲜花，只画了一匹奔跑的马和几只蝴蝶围绕着四只马蹄上下翻飞。我面前的观众听到这里，便欢呼起来，他们鼓掌高喊着：真是了不起，世上原来还有如此聪明的人！

讲座结束时，一位中年女教师双手托着一块棉质提花台布走到我面前说，这是她母亲织的，现在把它送给我。并说，她通过这两位画家了解了中国艺术，即使这一切都是传说，想必，产生这传说的民族，也是一个聪明的、了不起的民族。

1992年

丹麦啤酒中国杯

我在丹麦兰讷斯个人画展的开幕式，定于1991年9月10日晚八时。来兰讷斯前，易德波女士就把这一消息告诉了我。她还说，本来兰讷斯艺术博物馆馆长麦蒂·采拉女士要和她一起来哥本哈根接我，但采拉女士正为迎接我的许多细节奔忙。她还告诉我，有采拉主持，我对一切都会满意的，也许还会有不少意外的满意。

从哥本哈根到兰讷斯还要乘火车旅行八个小时，其中包括火车被装上轮渡穿越丹麦海峡。我们上午乘车，黄昏时到达兰讷斯。采拉女士在车站迎接我们。她自己开车，把我和易德波一起接到她家中，并亲手为我们准备了一顿极丰盛的晚饭。也许是刚从莫斯科来到兰讷斯的缘故，我只觉得那顿晚饭空前丰盛而得体。我还注意到，从餐具的选择、烛台的设置到餐巾纸的颜色，女主人都做了刻意的安排。进餐时，她不失礼地把一些饭菜的吃法表演给我看，还用刨刀把奶酪刨得如纸一样薄。而后来我才发现许多丹麦人吃奶酪是不具备这种手艺的。

年近五十的采拉女士曾在德国专修艺术史，但她的容貌比她的实际年龄要年轻得多。她漂亮、干练。她领导的艺术博物馆不仅举办过许多成功的画展，馆内还有不少珍贵的收藏。在餐桌上她一面为我做各种"表演"，一面不住问我，中国人到底是怎样对付筷子的。至此我才察觉到，在所有进餐人里，唯独我面前有一双筷子。她说这筷子是易德波从中国扬州带给她的。在为采拉表演"筷子功"时，想起易德波在哥本哈根谈到的采拉为"细节""奔忙"的事，为我准备一双地道的中国筷子，也许是一个出其不意的细节吧。第二天我们共进早餐时，采拉打开一张早已打印成文的展览计划，逐条向我作了介绍。遇到我对哪一项提出异议时，她便用红笔在纸上画个记号。后来我们在一起工作时，她一直把那张纸带在身边，尽管她有自己的秘书和许多助手。

我和采拉经过一星期的紧张工作，展览工作才就绪。在工作中，她对展壁的设计、镜框的搭配、作品的题材分类组合几经修改，每一次变动她都要亲自动手。她对助手的严格程度，有时近乎苛刻。一次，一位大胡子工作人员把一张画挂高了一厘米，她也让那位工作人员爬上梯子改正过来。

开幕那天，采拉请来了许多客人，馆内人员告诉我，这在他们馆是空前的。开幕式上采拉用一句"有朋自远方来，不亦乐乎"的中国话作开场白，再由我作一个关于中国艺术的讲座。然后观众们从一排摆着各种丹麦啤酒的桌上，选择自己喜爱的啤酒，手持酒杯进入展厅。采拉为我斟上酒，问，今天最高兴的是什么？我说，是那么多热情的观众来看一个中国画家的画展。采拉说，还有呢？我便有些茫然。身旁的易德波说，难道你没有注意到自己手中的酒杯吗？我仔细端详一下手中的酒杯，怎么是中国的青花瓷？我向餐桌前热情的观众看去，原来每个人手中都有一只青花瓷茶杯，而且餐桌上满是丹麦啤酒、中国杯。易德波又说："这个细节你一定会意外吧？"

事后我才知道，为使开幕式隆重而独具特色，采拉四处打听，最后终于从欧洲一个什么地方买到一批中国茶杯。后来我常想：丹麦啤酒和中国陶瓷都闻名于世，丹麦啤酒、中国杯加起来才是我意外中的意外吧。

1992 年

夏天在莫斯科

在我赴北欧举办个人画展的旅行计划中，原本没有莫斯科，我把莫斯科作为旅行的第一站，是因为过去对它的感情吧 —— 五十年代学艺术的中国大学生，无不受着苏联艺术的熏陶。

我在莫斯科的日子，正是苏联作为一个国家存在于地球的最后一个夏天。然而，接待我的苏联汉学家谢尔盖还是按预定计划陪我去了解认识这个国家。

莫斯科市容不算现代，也算不上整洁，五六十年代的建筑显得过分高大和空洞。若遇阴雨天，马路上会立刻浮起一层油渍污垢。商店的空柜前经常是长长的队伍。已是科学院副博士的谢尔盖排四个小时队买两瓶伏特加，欣喜若狂地带给他的母亲，显示是这半天的意外收获，虽然他们全家都不喝酒。我问谢尔盖：既然他们都不喝酒，为什么花那么多时间去买它？谢尔盖说：总算是买到了点东西呀。

不过，在这个城市里我毕竟还有另外的发现。比如，即使在骚动不安的日子里，所有艺术博物馆的门还是大开着。穿着整洁的莫斯科人，秩序井然地欣赏着从古俄罗斯到苏联这一代艺术大师们的杰作。在普希金广场，在托尔斯泰的旧居前，那边是游行的人群，这边的街心公园里，体态丰腴的老大妈正修剪着松墙、拔掉花丛里的杂草。花丛前的椅子上，学者和年轻学生们仍在专心致志地阅读。书摊随处可见，人们把书摊围得严严实实。谢尔盖便是个爱书的人。一次我们在莫斯科艺术之家观看列里赫的画展时，突然不见了谢尔盖。待到我自己走出展厅，谢尔盖举着两本书跑了过来。那是他趁我正聚精会神看画时，跑到街上书摊买来的，其中一本是汉语言学专著。

鲜花也是莫斯科人所酷爱的。每逢你走出地铁，准能见到门前横着一排卖花人，而其中又以年轻姑娘居多。她们把一束束鲜花搭配得格外得体。这些花价钱比商店里的鲜花偏高，但娇艳、新鲜，两个卢布可以买一束菖蒲，三个卢布便可以买一束郁金香。若是她们面前正走来一位中国人，她们会热情地走上前去，朝你笑着说：为了它们的美丽，为了我们的友谊，买吧。不光卖花人对中国人格外热情，即使你向任何一个莫斯科人问路，他们都会对你述说得非常详尽，甚至还会领你走一段。一日，我问一位年龄和我相仿的人，去马雅可夫斯基广场怎么走。他惊喜地抓住我的胳膊说："你跟我走吧。我四岁时就去过中国。"他这突如其来甚至有点过火的热情，把我吓了一跳。我心惊胆战地被他拉着，趔趄着走出几百米，直到看见马雅可夫斯基雕像，才放下心来。

1992 年

美术作品

往事　纸本水粉　64cm×67cm　1991年

往事

一幅画有个好名字作品也会沾光
"往事"大概是受了那个木钩子的鼓动
那个钩子是我从冀西山区一家淘换来的
它悬在这家人的房梁上据说已有三百年
它的黑不是染的
是历史的记录
也是一个民族生存状态延续的记录吧

早春　纸本水粉　35cm×47cm　2021年

早春

春暖
人在万物苏醒中述说着春天的天长地短
不再有相互之间的"磕绊"
因为你是在万物苏醒中述说

走进太行　纸本水彩　70cm×100cm　2015年

走进太行

你若走进太行
就会发现太行的多重性格
山会唱歌的话
歌唱是多声部的

路　纸本水粉　60cm×70cm　2009年

路

这是塞外草原上的路
仔细看去常常觉得它不是路
是诗
你能说"昭君出塞"时没有由此远去
你能说"文姬归汉"时没有由此归来
那是历史
刚才一群山羊由此跑着转入山下
一个妇女赶着一头红牛也是由此而过
现在路上还散发着塞外特有的青草和牛粪的气味
转下去是一群为草原电力供应而矗立的大风车

山上有牛群　纸本水墨　75cm×105cm　2016年

山上有牛群

还是太行山风景
山上山下包容着山该包容的一切
牛群羊群
牛和羊也点缀着山

秋之韵　纸本水粉　50cm×65cm　2006年

秋之韵

金黄的树证明着秋天的来临
金黄也证明着树的暮年将至
唱秋之韵的
也只有暮年的树

苟各庄　布面油画　22cm×27cm　2007年

苟各庄

一个山前的小村
我多次来此生活发现
那里有历史的延续
故事也无穷无尽

山之韵之十四　布面油画　22cm×27cm　2007年

山之韵之十四

只有面对山写生
才能认识山的性格

牧归　布面油画　87cm×98cm　2023年

牧归

傍晚放牛的女人要回家
牛也要回家
日子属于牛和放牧者

收白菜　布面油画　100cm×120cm　2010年

收白菜

两个人的劳作
没有疲倦
大地为她们歌唱

红柜　纸本水粉　23cm×28cm　2010年

红柜

女人在红柜前打整自己
无拘无束
红柜是一家之魂
也是女人的陪嫁
红柜前的女人是鲜活的

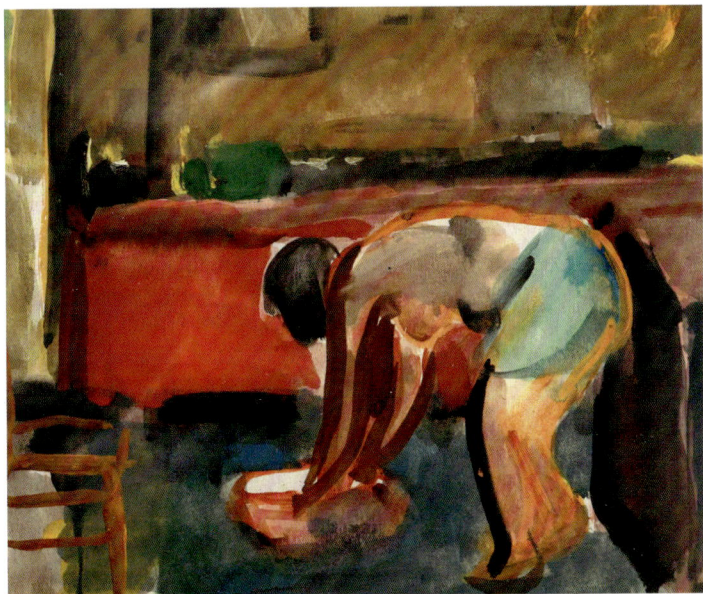

红柜　纸本水粉　22cm×27cm　2010年

红柜

红柜前的女人
一幅自然中的天然
也是天然中的自然

玉米地 —— 下河者　布面油画　50cm×60cm　2009年

玉米地 —— 下河者

一位正走向拒马河的少女
四面的玉米地包容着她
它们正热情地迎接着她的到来

玉米地 —— 下河者　布面油画　47cm×50cm　2009年

玉米地 —— 下河者

也是一位走向拒马河的少女
她或许要下河
或许已从河中走出

炕 —— 剪趾甲　布面油画　50cm×60cm　2009年

炕 —— 剪趾甲

还是女人和炕的和谐相处
剪趾甲是人生的必须
也是私人化的行为无需表演
女人无表演意识就美了

打莜麦　布面油画　67cm×80cm　1997年

打莜麦

一首劳动者的赞歌
是劳动者的收获
也是收获者在劳动

草原上有羊群　水彩画　56cm×78cm　2016年

草原上有羊群

草原辽阔宽广
或许有几分寂寞
"羊群像珍珠撒在草原上"
草原才完整了
也不再寂寞

正午　纸本水彩　85cm×115cm　2022年

正午

牛和人
带着草地的芳香
带着回家的希望
从容地走着

赵州梨花　纸本水墨　140cm×220cm　2016年

赵州梨花

我画过无数次赵州梨花
运用过各种材质
仍然觉出画得不尽兴
梨花的性格是不可捉摸的

郁金香和勿忘我　布面油画　60cm×50cm　1988年

郁金香和勿忘我

郁金香和勿忘我都是过年时友人送来的
插在罐子里显得丰满壮丽
我不太喜欢被花店打整过的花束
喜欢自己亲手采下的野花
面对它们我还是画了
上面有几种颜料联合运用的实验
至今在我的静物画中还是被重视的一幅